転生しました、
サラナ・キンジョウです
ごきげんよう
~婚約破棄されたので田舎で気ままに
暮らしたいと思います~
2
まゆらん
illust. 匈歌ハトリ

CONTENTS

第1章　港町に参りました、
サラナ・キンジェです。ごきげんよう。------011

幕間　シャンジャ街の人々 ---------------067

第2章　王都に参ります、
サラナ・キンジェです。ごきげんよう。------113

第3章　謁見に臨みます、
サラナ・キンジェです。ごきげんよう。------175

幕間　孤児院のマオ ------------------235

あとがき --------------------253

Tensei shimashita, Sarana Kinje desu.
Gokigenyou.

STORY

転生しました、サラナ・キンジェです。ごきげんよう。
前世はお一人様のアラフォーOLだった私が転生したのは、
ゴルダ王国の貧乏伯爵キンジェ家の一人娘。
第2王子の婚約者になったものの、
「真実の愛を貫くため」とかいう理由で婚約破棄を突き付けられたのが13歳のとき。
しかも対外的には私が「病弱で子が産めるか不安」なんて理由をでっちあげてまで。
そんなこんなでゴルダ王国に嫌気がさしたキンジェ家は親子3人で
お母様のご実家である隣国のドヤール辺境伯家へ身を寄せることになりました。
ドヤール領はド田舎なので、のんびりスローライフが送れる!
と喜んでいたものの、小麦の栽培日誌から大雪を予報したり、
魔石装置付きの卓上ポットや温冷ファンを開発したり、
魔物を有効活用した羽毛布団やお料理をつくったりしているうちに、
なぜか周囲が騒がしくなってしまいました。
それでも両親やドヤール家の方々、
ビジネスパートナーのアルト商会長や職人さんがた、
孤児院の子どもたちと楽しく過ごしていたのだけれど……。
視察にやって来た王弟殿下につきまとわれる羽目になり、
14歳の誕生日には殿下に前世からの
古傷をえぐられるようなことを言われてしまいました。
誕生日の後にはアルト会長から素敵なプレゼントをいただいて
とっても嬉しかったのですが、
それでも心のもやもやはなかなか晴れずにいます。
そんな私を見かねてか、
お祖父様が領内にある大きな港町シャンジャへの視察に誘ってくださいました!
やっぱりお祖父様好き！　大好き！

CHARACTERS

セルト・キンジェ

サラナの父。
荒事は苦手だがデスクワークでは
類まれな能力を発揮する。
実は怒るととても怖いものの、
基本的に親バカ。

バッシュ・ドヤール

サラナの母方の祖父。
ドヤール辺境伯家の前当主。
ユルク王国では伝説の英雄と
呼ばれるほどの武勇を誇るが、
孫娘のサラナにはただ甘のじじバカ。

サラナ・キンジェ

キンジェ家の一人娘。
バリキャリOLだった前世の知識や
生国で受けた王子妃教育を活かして、
さまざまな発明や
ビジネスを展開している。

ヒュー&マーズ

ジークの息子で年子の兄弟。
普段は王都にある学園の寮で
暮らしている。妹のような存在の
サラナを溺愛している。

トーリ・ユルク

ユルク王国の王弟殿下。
自他に厳しく有能だが、
女性嫌いで有名。
出会った当初はサラナのことを
邪険に扱っていたが……?

アルト・サース

サラナの発明品の
生産・流通・販売を取り仕切る
アルト商会の若き商会長。
誠実な人柄で、
商人としてもとても有能。

ジーク・ドヤール

ドヤール家の現当主。
父バッシュ譲りの武勇で
「血塗れ領主」の異名を持つが、
姪のサラナは溺愛している
おじバカ。

ダッド&ボリス

モリーグ村の職人で、
自称サラナの右腕と左腕。

ミシェル・ドヤール

ジークの妻で現ドヤール領主夫人。
カーナとは幼馴染で仲良し。

カーナ・キンジェ

サラナの母。
セルトとともにサラナの良き理解者。

マオ

モリーグ村の孤児院の、
子どもたちのリーダー的存在。

ルエン

元王宮の文官で
今はサラナの秘書的存在。
サラナに心酔している。

カイ&ギャレット&ビンス

元はヒューたちの学園の先輩で、
サラナの紹介でアルト商会に雇われた。

CHAPTER

第1章

港町に参りました、サラナ・キンジェです。ごきげんよう。

Tensei shimashita, Sarana Kinje desu.
Gokigenyou.

初めて港町シャンジャに参りました、サラナ・キンジェです。ごきげんよう。

シャンジャはドヤール一の都会と言われています。それになにより、港町ですわよ、港町。港町といえば、新鮮な魚介類！　私が前世、死の直前に食べ損ねた海の幸！　お待たせしました！　るんっるんで港町シャンジャに来た私ですが、来訪目的はもちろんお仕事。という事になっています。建前は。

誕生会以降、塞ぎ込みがちな私を心配したお祖父様が、気晴らしに連れて来てくださったのだ。あれこれと、色々考え込んでは溜息を吐《つ》いてしまう私。自分でも意外だったけど、繊細だわ。前世の色々な事とか、生まれ変わっても根強く残る甘え下手というコンプレックスとか考えると、つい、ね。『三つ子の魂百まで』って言うけど、生まれ変わっても変わらないのを目の当たりにすると、落ち込むわよね。

そんな私を、大人の包容力で包みまくってくれるお祖父様が、港町シャンジャの視察という建前で私を連れ出してくれたのだ。王宮に毎年恒例の報告物がたんまりあって、お出掛けしたいなんて冗談でも言えない伯父様は、お父様にがっしりと両肩を掴まえられながら、涙目で見送ってくださったわ。

お父様には「お前はそのままでも可愛くて魅力的なレディだよ。ゆっくり気晴らししておいで」と、額に口付けて送り出してもらえました。こちらも大人の魅力と包容力で溢れかえっておりますわ。お父様、ダンディ。

余談ですけど。

伯母様とお母様が、王弟殿下からいただいたブローチを丁寧に包み直し、厳重に封をしてどこかに仕舞い込んでしまった。「使わないものが目に入ると、目障りでしょう？」と、お2人とも怖ぁい顔で微笑んでいました。お祖父様から何かお聞きになったのでしょうか？　こんな風に微笑んでいる時のお2人に、逆らってはいけないので、素直にお預けしました。

それにしても。王弟殿下からのプレゼント。言われるままに受け取って身に着けてしまったけど、良かったのかしら、とくよくよしていたら、お母様と伯母様にコロコロ笑われた。

「まぁサラナ。あれぐらいの装飾品で、怯んでいてはだめよ。どんなに高価なものであろうと、笑顔で受け取りなさいな。貴女は誰よりも素敵な淑女なのだから、素晴らしい装飾品を贈られるぐらい当然だと、誇りに思いなさい」

「そうよ。私たちも、若い頃は素敵な殿方から、色々といただいたわよ。ホホホ」

まぁ、お母様と伯母様。お若い時はブイブイ言わせていたのかしら。お父様や伯父様と、未だにあんなにラブラブなのに。意外っ！

「それに、贈り物をいただいた時の対応は、あれで正解よ。あの対応で、サラナが王弟殿下に全く興味が無いと、皆様、キチンと理解してくださっているわ」

「サラナを取り囲んだとかいう、ご令嬢たちは、理解されていなかったみたいだけどねぇ。婚約者もいらっしゃらないみたいだし。お可哀想に」

そう言って、お母様と伯母様はあの時、私たちがどういう風に会場の皆様に見られていたのかを、教えてくださった。王弟殿下から頂いたブローチを私がすぐに身に着けた事で、王弟殿下に全く興味がないと示した事になると。

説明していただいて、ようやく安心出来た。良かった、お母様と伯母様にフォローしていただいてっ！　うっかり王弟殿下と恋仲とか思われたら、嫌だもの。

それにしても、知らなかったわー。というか、殿方からの贈物なんて初めてだったから……。その対処法を知らなくても、今まで不都合はなかったのよ。悲しい。

でもそれじゃあ、あの時、私を取り囲んでいたご令嬢たちも、私同様、殿方からの贈り物を受け取った事がないから、知らなかったって事？　そして婚約者もいないという事は、イコール『モテないのね』って、事ですか？　小さな規模の私の誕生会とはいえ、他の貴族の目がある中、そういう姿をさらしたという事は、自ら『魅力がない』、すなわち、『貴族令嬢としての価値がない』ですと、公言するようなもので。そんな『価値のない』令嬢が、高位の令息との良縁なんて、結べるわけがなく。

お可哀想にって、そういう事……。怖っ。お母様と伯母様、怖っ。社交界の闇を見たわっ。このお二人を敵に回すの、怖すぎるっ！

王弟殿下からは、過分に高価なものをいただいたので、お返しはお母様と伯母様が考えてくれるそうです。気のない殿方には、高価だけど、心に残らないお返しが良いのよぉと、笑って仰っていました。お任せしますぅ。

「お祖父様、海です！　海が見えましたっ」

馬車の窓に広がる、一面の青い海。風に乗って漂う、潮の香り。まぁ！　前世以来の海です、お久しぶりっ！

　窓から身を乗り出さんばかりにしてかぶりつく私に、お祖父様は豪快に笑われる。

「はっはっはっ！　サラナは、海は初めてか。こうしていると、年相応だな！」

「シャンジャの魚介類の水揚げは、ユルク王国一だとか！　メイヤールー王国との取引も盛んですわよね？　まあぁ、メイヤールー王国特産のヤックは今が旬のはず！　シャンジャで手に入るかしら？」

「……うむ。いつものサラナだな」

　お祖父様を質問攻めにしている間に、馬車はシャンジャの代官邸についた。前領主たるお祖父様が街中の宿屋に泊まるはずもなく。シャンジャに滞在する時は、いつも代官邸にお泊まりになるのだとか。

「世話になるぞ、ドレリック」

「もう少し頻繁にいらしてくださいませ、バッシュ様。領主を引退したら、シャンジャの海で釣り三昧だと仰っていらしたではありませんか」

「フッ。モリーグ村で魔物狩り三昧よ」

「はぁー。血生臭い隠居生活ですねぇ」

　お祖父様と気安い会話を交わすのは、前代官のドレリック・ボート様。港町シャンジャで代官を務める、ボート子爵家の前当主様だ。お祖父様とは学園で共に学ばれた、ご友人でもあるのだとか。

「ようこそ、サラナ様。いやぁ、カーナ様がお生まれになった時も思いましたが、バッシュ様の血を引いているとは思えないほど、可憐で麗しいお嬢様ですなぁ。熊のようなバッシュ様に似なくて良かった」

本当に、気安い関係でいらっしゃるのね。お祖父様の事をこんなに雑に扱う方は今までいらっしゃらなかったから、聞いていてドキドキするわぁ。

「ドレリック。サラナは魚介を生で食べる事に興味津々なのだ。用意してくれんか？」

お祖父様の言葉に、ドレリック様は目を瞬かせた。

「は？　魚介を生でですか？　いやぁ、しかしあれは、食べ慣れぬと中々、お辛いですよ？　新鮮な物は生臭さも抑えられておりますが、全くないわけでは……」

ドレリック様が心配そうに私を見つめる。そうですわね、慣れない方は、お嫌いかもしれませんわね。

「興味がありますの。調理の仕方も、是非見学させてくださいっ！」

「えっ？　調理の仕方と仰ると、厨房へ入られるのですか？」

驚くドレリック様。それはそうですよね。一般的に、貴族は自宅の厨房にすら、入りませんから。

私はドヤール邸の厨房には入り浸りでしたけど。料理長とも大の仲良しだ。

「フッ。サラナは料理に造詣が深い。構わないから、見学させてやってくれ」

私に激甘のお祖父様の後押しで、厨房への入室許可をゲットした。イェイ。

「今日はお疲れでございましょうから、市場には明日、ご案内しましょう」

お夕食には、お魚も準備してあるとの、ドレリック様からのお申し出に、私の気分は上昇する。

ふふふ、久しぶりの海の幸ぃ。

「それでは、早速着替えて参りますわ！　それから厨房にっ！」

「サラナや。まだ昼すぎだよ。旅装を解いたらワシと共にお茶を楽しもうではないか」

お祖父様のキュルルン子犬顔でのおねだりに弱い私。

そうですわね。他人様のお宅を訪ねて、いきなりさぁ厨房へ！　はおかしいですわね。ドレリック様もポカンとしていらっしゃるわ。

「申し訳ありません。つい楽しくて興奮してしまいましたわ。お恥ずかしいわ」

冷静さを取り戻し、おすまし顔をする私に、ドレリック様は大笑いなさった。

「はっはっはっ！　外見は似ていらっしゃらないが、中身はバッシュ様と同じく行動派でいらっしゃるんですねぇ！」

「何を言うんだ、ドレリック」

お祖父様はにやりと笑う。

「サラナはワシなんぞより活発だぞ？　お前も覚悟しておくんだな？」

お祖父様の言葉に、ドレリック様は首を傾《かし》げてしまった。失礼ですわよ、お祖父様。

「本日のメニューは海鮮尽くしですわ！」

他人様のお宅だと言うのに、我が物顔で料理の説明をする私。慣れているお祖父様は特に驚きもなく頷いているが、ドレリック様はポカン顔です。

本日はドレリック様の奥様、息子さん、義理の娘さんは、奥様のご実家を訪ねていてお留守。私たちの訪問が急遽決まったので、奥様方の帰還が間に合わなかったのだとか。急なご訪問、大変失礼いたしました。なので、夕食はドレリック様とお祖父様との私の三人でいただきます。

「まずは前菜。白身魚のカルパッチョです」

アフタヌーンティーを優雅にいただいた後、厨房に突撃した私は、そこにあった新鮮ピチピチの魚介たちを見て、テンション爆上がりでした。美味しそうな子たちが『食べて！』と言ってるわ！

無理を言って包丁をお借りした私は、ドレリック様や料理長さん、お祖父様がハラハラと見守る中、サッサと魚をおろし、下準備をしていく。途中で大丈夫と判断したお祖父様は、ドレリック様と一緒に、夕食のワインを選びに出て行った。お食事に合うワインを、さり気無くお勧めしておきました。私も早く成人して飲みたいわぁ。

取り残された料理長さんは青ざめた顔で私を見守っていたけど、次第にその視線は真剣なものになっていった。他の料理人さんたちにも取り囲まれ、時折質問を受けながら、調理を進めていった。

前世、お一人様で時間もお金もあった私は、お値段高めのお肉やお魚を買って、フルコース料理を作ったものだったわ。お金を惜しまない料理って、掛けたお金を後悔しないぐらい美味しいのよ。

「お？　前に食べた時より、臭みが気にならんな。美味い！」

お祖父様がパクパク召し上がるのを見て、ドレリック様も一口パクリ。そして目を見開いた。

「美味しいっ！　これは！　な、何か特別な調味料を使われているのですか？」

「いいえ？　オイルと塩とリーモンの汁だけですわ」

カルパッチョの定番の作り方です。この世界ではレモンはリーモンというのよね。

「ふむ、リーモンか。酸っぱいだけの実だと思っていたがなぁ」

「お水に入れても美味しいですし、ほら。お祖父様のお気に入りジュースにも入っていますわよ」

「そうなのか？　そういえば甘いだけではなく、サッパリとした味わいでもあるなぁ」

お祖父様がお好きなジュースは、前世で言うところのレモネードですけどね。甘すぎず、温めても美味しいと、お気に入りなのだ。討伐《運動》の後に冷えたレモネードを、ぷはぁーっとやるのが幸せらしいです。

それにしても白身魚のプリプリした身が美味しいこと。お祖父様もドレリック様もまたたく間に完食した。

「次は、パスタです」

「おっ！　これは斬新だな。殻が付いたままとは」

ハマグリに似た貝は、パスタにしました。殻付きなのは私のこだわりです。見た目が美味しそうに見えますから。あっさりとした塩味も、お祖父様たちには好評ですわね。

それから魚介のクリームスープ、メインのお魚のパン粉と香草焼きも大変気に入っていただけました。うふふー。

「うーん、今日もサラナの作った食事は最高だったな」

デザートに果物をいただいていると、お祖父様が満足気に仰います。お水みたいにパカパカとワイングラスを呷《あお》っていますが、全く酔う気配はなし。

「お口に合って何よりですわ」

「いや、本当に美味しかった！　私どもも長年、この港町で暮らしておりますが、あれほど美味い魚料理は初めてですっ」

「はっはっはっ！　そうだろう、そうだろう！　ワシのサラナは天才だからな」

上機嫌なお祖父様は我が事のように喜んでくださいます。まあ、お祖父様のじじバカは今に始まった事ではないけれど、ドレリック様のリップサービスは、さすが、貴族様よね。

「いやいや。サラナ嬢。おべっかではございませんよ。是非とも香草の使い方などを、我が家の料理人に教えていただけませんか？」

「まぁ、それでしたら、既に料理長へ今日のレシピは伝えておりますわ。私のような小娘の料理にまで興味を持ってくださるなんて、仕事熱心な方ですわね」

料理長を始めとする料理人さんたちは、メモを取っていらっしゃいましたよ。最近、私の周りにはメモを取る人が増えたような気がするわ。

「サラナの荷物は、ドレスや装飾品は最低限で、他は調味料や調理道具だからなぁ」

シャンジャを満喫するために、必要なものを持ってきただけですわよ。食いしん坊みたいに言わないでくださいな。

「まぁ。私、シャンジャでお祖父様にドレスや装飾品を買ってもらうために、わざと荷物を少なくしたのかもしれませんわよ」

揶揄《からか》うお祖父様に、意地悪してそう言うと、お祖父様は目を輝かせた。

「おっ！　サラナがおねだりとは珍しい！　それじゃあシャンジャの店のドレスを買い占めるか！」

「あっ、いえ！　お祖父様っ！　装飾品のお店より、市場《いちば》に！　市場に行くお約束ですぅ！」

「はっはっはっ！　どちらも行けば良かろう！　そうさな、サラナには今度はどんなドレスを買おうか」

「お祖父様っ！　買っていただくなら、ドレスより干物がいいですっ！」

舞い上がったお祖父様は、私の話を全く聞いていない。いやーん、私の海鮮！

「あっはっはっはっはっ！　バッシュ様、溺愛ですなぁ」

ドレリック様は大笑い。マズいわ、ここには散財を止めるお父様《ストッパー》がいないぃ。

結局明日は、市場と装飾品店に行く事になりそうだわ。お祖父様に冗談は通じないのだ。反省。


念願の市場巡りですっ！　サラナ・キンジェです、ごきげんよう。

昨日の晩餐から、料理長以下料理人さんたちからの質問が後を絶ちません。仕方がないので、質問事項をまとめ、後ほど書面でいただく事になりました。執事さんが取りまとめてくださるようで、助かりますわ。ご自分たちで質問を精査して、それなりに検証した後にしか、お受けしませんわよ。昨日のリーモンのソースは他の魚介類にも合いますか？　なんて、お試しくださいとしか回答出来ないでしょうに。

さて本日はお祖父様とドレリック様と市場巡りです。私は、このためにシャンジャに来たと言っても過言ではありません。ふふふ。

「私の格好、おかしくはないかしら……？」

市場にいつもの貴族令嬢姿では非常に目立つため、平民が良く着るような服が用意されておりました。といっても、完全な町娘姿ではなく、裕福な商家の娘が着るような服です。可愛らしいし動きやすいわね。

「とってもお似合いですぅ！　完全な町娘の服を用意しなくて良かった！　やはり、気品というものが隠しきれませんもの」

「さようでございますわね。この肌のキメの細かさや髪の手入れの良さは、一朝一夕ではとてもとても……」

ボート子爵家の侍女さんたちに、ほうっと溜息を吐かれましたが、自分では気品とかよく分からないわねぇ。

「まぁ、そんな事ございませんわ。私も生国とは気候の違うこちらでの生活で、肌や髪の乾燥で悩まされましたもの。でも、このローションやオイル、リップにハンドクリームで荒れ知らずになりましたのよ！」

私の荷物の1つ、化粧グッズが入った鞄をパカッと開けると、そこには可愛らしい装飾の瓶や缶に入った、モリーグ村特製のローションたちが。女子の心を鷲掴みにするその可愛らしい見た目は、私も企画段階からずっと関わってきた、渾身の商品だ。

「まぁ！　可愛らしいっ！」

「これが噂のニージェのローションですか？　ごく一部の方しか買えないって噂の？」

キャアアッと悲鳴を上げる侍女さんたち。キラキラの眼が可愛いわぁ。

「実は、私の懇意にしている商会が、この度、シャンジャにも支店を出す計画があるのですけど……。シャンジャの女性たちにもこれらの商品が受け入れてもらえるのか心配だと仰っていて。今回の視察で先行して、商品を試しに使っていただけたらと思い、いくつかお持ちしましたのよ」

飛ぶ鳥を落として焼き鳥にする勢いのアルト商会。この度、シャンジャ支店計画を立てております。結局、輸送コスト的な問題もあり、やはりシャンジャにも支店を、という話が出たようです。シャンジャに支店を置けば、港町ゆえ、国外の需要も見込めるというお父様の意を受けたカイさん、ギャレットさん、ビンスさんたちから、アルト会長に猛プッシュがあったようですわ。ほほほ。頑張ってくださいませ、アルト会長。

「まあ、サラナ様、まさか……」

ゴクッと侍女さんたちが唾を飲む。

「まずはボート子爵家の奥様と若奥様に。それから、奥様方の信頼のおけるご友人。また、侍女の皆様たちには、お気軽に買える値段帯の商品のお試しをお願いしたくて……」

ダメかしら？　と首を傾げると侍女さんたちは目を見開く。

「まぁ！　ダメだなんてあり得ませんわっ！　喜んで協力させていただきます！」

「良かった。前もって奥様にはお手紙で了承いただいておりますので、奥様が戻られたら、使用方法などご説明いたしますわね」

やったわぁ。シャンジャでのモニター兼広告をゲット。代官邸で働く侍女さんって、実はシャンジャでも憧れの職らしいから、彼女たちに認められた商品は、裕福なお嬢様たちがこぞって欲しがるのよー。アルト会長に後でご連絡しなくっちゃ。

「サラナや。そろそろ出かけるぞ。お、可愛らしいな」

試供品にキャッキャしていると、お祖父様が迎えに来てくださった。慌てて侍女さんたちが仕事モードのシュッとした顔に戻る。チラチラと嬉しそうに試供品を見ているけどね。

「ふうむ。そういう軽装も似合うな。ワシと出掛ける用に、いくつか作らせるか」

「もう！　お祖父様！　今日のメインは市場巡りのお約束ですからね。私のお願いを聞いてくださるお約束のはずです！」

すぐに装飾品店に直行しそうなお祖父様に、私は釘を刺した。朝の市場が一番活発だと聞いているのだ。寄り道をしている暇はない。

「ふっ、ふふ。普通の貴族令嬢は、市場なんて行きたがりませんよ。特にシャンジャの市場は魚が多く取り扱われています。臭いが嫌だと仰って、馬車で通りかかっても遠回りされますのに」

ドレリック様が可笑しそうにそう仰いますが、私は心の底から不思議だった。

「まぁ。宝の山を遠回りするなんて、勿体無いわ」

貴族のご令嬢はお魚が嫌いなのかしら？　あんなに美味しいのに。ぷりぷりよ、ぷりぷり。

「そう仰っていただくと嬉しいですね。我がシャンジャの中心とも言える市場ですので」

「もちろんですわっ！　ユルク王国の海の玄関と言われるシャンジャの市場なんて、外国文化の坩《る》堝《つぼ》ではないですか。食べ物やお酒だけでなく、工芸品から雑貨までどんなものがあるのか！　楽しみなんですっ！」

「さ、さようでございますか。ご満足いただけるとよろしいのですが……」

「ドレリック。サラナはありふれたニージェの花やグェーから、新たな事業を生み出した知恵者よ。お主も遠慮などせんで、シャンジャの魅力をサラナに見せるが良い。シャンジャの更なる発展に繋がるやもしれんぞ？」

お祖父様の言葉に、ドレリック様は目を瞬かせる。

「では、最近のドヤール領で始まった新たな事業は……」

「ふっふっふ。そうよ。ワシのサラナは賢いからなぁ」

「お祖父様ー。勝手にハードルを上げないでくださいませ」

「サラナ。ハードルとは何だ？」

「期待値の事ですわー」

私、単純にこの視察建前の旅行を楽しむつもりですのよ？　余計な事なんて、しないわ。多分。

「はっはっは。サラナが大人しく旅行だけで終わるはずがない」

お祖父様の謎の信頼感。

結局、この予想は、当たる事になっちゃうのだけど。


市場は素晴らしいの一言でしたっ！

前世で見た事があるようなお魚に、全く見た事が無いお魚。後者は主に魔魚と呼ばれる魔物の一種。これらも食用として扱われているのね。獲るのは難しいけど、味は普通のお魚より、旨みが強いらしいのよ。

外国から仕入れている調味料には特に興味を惹かれた。前世で使っていたものと似たものも見つけたし。何よりシャンジャの伝統的な魚醤《ぎょしょう》を手に入れられたのが大きいわ！

昨夜は魚醤がなかったから刺身は諦めたけど、これでモリーグ村から持ってきたアレと一緒に楽しめるわ。

「それにしても。綺麗な海ですわねぇ。夏になったら、海水浴を楽しむ方もいらっしゃるのかしら？」

港から少し外れた砂浜を歩けば、そこはもう、透明度の高い青い海、白い砂浜。さながら、海外リゾート。いい眺めだわぁ。夕陽とか、絶対綺麗よー。ロマンチック。

「そうですね。貴族の皆様も、沢山いらっしゃいますよ。その場合は、専用の海水浴場で楽しまれていらっしゃいます」

ドレリック様が誇らしげになさるのも無理はない。こんなに綺麗な海だもの。高貴な方のバカンスには最適な場所よね。

貴族用の専用ビーチもあるらしい。夏になったら是非、私も利用したいわ。

夏の海水浴はシャンジャの収入源の1つだが、やはりこの地は他国との貿易での利益が大きい。

しかしそこには、シャンジャの、というよりはユルク王国全体に言えるのだが、大きな課題があるのだ。

「最近、他国で開発された、大型船の事なのです」

「あぁ、確か……。トリン国でしたわね」

海の国トリン国で生まれた、大型帆船。従来の船の数倍は大きく、それ故に港町シャンジャは今までになかった問題に悩まされていた。

シャンジャを含むユルク王国の港町の多くは、大型帆船が入港出来る設備が整っていない。港に接岸出来ないため、港から離れた場所に係留し、そこから小さな船で物資や人を運ぶ事になる。積み下ろしに時間も人手も費用も掛かり、港町では大きな問題になっていた。

各国では、今後この大型帆船が主流となると予想されており、元々大きな港を持つ国が有利になってしまう。ユルク王国も港の整備を急いでいるが、すぐに出来るものでもなく、数年は掛かると見られている。その数年の間に、取引先や顧客が他国に取られてしまっては、どの港町にとっても、死活問題なのだ。

王弟殿下がドヤールに滞在中、この問題について議論した事もあったけど、いくら私に前世の知識があったって、港の建設工事なんて分野を知るはずもなく。問題点を浮き彫りにするだけで、解決には至らなかったのよね。

「問題は、大型帆船と港までの間の運搬費用と時間。小型の船で往復するのに時間が掛かり、少量ずつしか運べない。費用についても大型帆船とシャンジャで折半。余計な費用が掛かるので、帆船を持つ商会に小さな港は敬遠され、多少、遠くて不便でも大きな港のある街が選ばれている現状

「……」

「そ、そうです。よくご存知ですねぇ」

ドレリック様が驚いたように目を丸くする。

「ええ。ですが、今のはただ、問題を羅列したにすぎません。ここからどう、解決していくか……」

「今の所、小型の船を増やし、費用についてはシャンジャで負担する事を検討しています。そのように、予算の申請をしております」

「ええ、その予算案については拝見いたしました。ですが、あれではシャンジャの負担が大きすぎます」

「ですが、一度離れた顧客を取り戻すのは困難です。なに、新たな港が出来るまでの間です、やり遂げてみせますよ」

ドレリック様はそう仰るが、その意見は明らかに楽観的すぎるといえる。シャンジャは大きな港の建設も同時に進めなくてはいけないのだ。お父様も今後数年間の予算の試算を見て、険しい顔になっていたもの。そうとう厳しいのではないのかしら。

ユルク王国一の港町、シャンジャがそうなのだもの。他の同じ悩みを持つ港町にとっては、さらに死活問題だ。港が完成するのを待たずして、街が破産してしまわないか。それが心配なのだ。

その頃のモリーグ村

「なぁ、セルト殿。今頃サラナたちは、シャンジャに着いたかなぁ」

「そうですね。そろそろ着いた頃でしょう。ジーク様、手が止まっていますよ」

「はいはいー」

唇を尖らせてペンを取るジーク様に苦笑する。そろそろ集中力が切れている。休憩を入れる頃合いか。

王宮への報告物のせいで旅行にも行けず、腐っていたジーク様だが、早く終わればジーク様も視察に合流出来るかもしれませんよ、と仄《ほの》めかせば、俄然、やる気になった。最初からそのやる気を見せていれば、旅行に間に合ったのではないかと思うが、まぁ、良しとしよう。完成も間近な事だし。

執務室の窓の外には、見事な青空が広がっていた。港町シャンジャは海を見渡せる眺望でも有名だ。素晴らしい景色に、最近落ち込み気味な娘の気が、少しでも晴れればと、祈りのような気持ちになる。

「セルト殿！　もう限界だっ！　お茶にしよう！」

「分かりました」

義兄の叫ぶ声と同時に、ドアをノックする音。入室を許可すると、侍女たちがお茶の用意が出来たと告げる。さすが優秀なドヤール家の使用人たちだ。主人の集中力が切れるタイミングをよく分かっている。

「本日のお茶菓子は、紅茶風味のクッキーをご準備いたしました」

「紅茶風味？　初めて聞くな」

義兄が首を傾げると、侍女はにこやかに頷く。

「サラナ様のレシピにございます。私どもも味見をいたしましたが、甘さが控えめで風味が良く……」

「サラナのレシピ？　それは確実に美味いやつだな！　多めにくれ！」

「お夕食はサラナ様のレシピのグラタンでございますが……」

「ぐっ！　何？　あのお肉ゴロゴロのグラタンか？　くううっ、そっちは絶対にお代わりしたくなるはずだからなぁ。茶菓子を控え目にすべきか……」

報告書の作成よりよほど真剣に悩んでいる義兄に、私は笑いを堪《こら》える事が出来なかった。どれほど悩んでいたとしても、結局、どちらもペロリと平らげるに違いないからだ。

私の娘、サラナは、思えば幼少期から変わった子だった。

「お父様。我が領は特産物もなく、目立った産業もございません。今はなんとか保っておりますが、今後の事を考えると、厳しい状況ではございませんか？」

「ふむ。そうだね、サラナ。不作や疫病などが起これば、今の状況を保つのは危ういね。備蓄はしているが、一年保つかどうか。さて、君は今後の領政をどうしていくべきだと思う？」

齢5歳にして、サラナは私とキンジェ領の先行きを真剣に議論していた。昔から聡い子であったが、教えれば教えるほどグングンと色々な事を吸収し、己のものにしていく力が、サラナにはあった。荒削りではあるが、斬新な考えを持っていて、彼女のアイディアを実際の領政に反映させる事も多々あった。私はキンジェ領主として優秀などと言われていたが、サラナの協力が無ければ、そんな評価は得られなかっただろう。

いずれはサラナに婿を取り、キンジェ家の跡を継いでくれるものと思っていた。サラナならば、厳しい状況のキンジェ領を、大きく発展させてくれるかもしれない。彼女の助力で、その兆しは見えていたのだから。婿はサラナのやる気を削がない、穏やかな、利発な男がいいだろう。サラナを尊重して、二人で協力し合ってキンジェ領を盛り立ててくれるならば、婿の身分が低くても構わない。そんな未来を、ぼんやりと描いていた。

だが、そうはいかなかった。サラナが、ゴルダ王国の第2王子妃に選ばれてしまったのだ。

サラナが選ばれた理由は、第2王子の婿入り先の選定が難航したからだった。第2王子は、容姿は優れているが、優秀な第1王子に比べ、一言で言えば愚鈍だった。まだ9歳の子どもであるが、末っ子ゆえに甘やかされて育ち、ワガママで癇癪持ち、勉強嫌いで横柄。高位貴族家からは、王家と繋がりが出来る事を差し引いても、敬遠されるような性格だった。第2王子であるが、我が国は王女にも王位継承権があるため、継承権は第4位。妹姫より低い継承権という事からも、王位にふさわしくない人柄である事が、容易に想像出来る。貴族家の婿として迎え入れればどうなるか、想像に難くない。

我が伯爵家は、歴史は長いが裕福とは言い難いため、まさか第2王子の婿入り先として選ばれるとは考えもしなかった。様々な条件をつけられたが、貧乏くじとしか言えなかった。

しかも第2王子は、サラナを初対面で『地味な色合い』などと評し、不満を隠そうともしなかった。うちのサラナは世界一可愛いというのに、目も頭も性格も残念極まりない。奴はその後のサラナとの交流も、王に命じられ仕方なく、という態度を隠そうともせず、サラナへの不満を垂れ流すばかりで、婚約者としての仲を深めようという気配すらなかった。長じるにつれ、その容姿に群がる女性たちを侍らせ、ますますサラナを蔑《ないがし》ろにしていた。

そんな未来の娘婿を諫める事も出来ず、王家の命にも逆らえず、私は、なんと不甲斐ない父親だったのだろう。健気なサラナは第2王子を補うべく、王家から厳しい王子妃教育を課せられ、幼い頃から、娘らしい楽しみは何一つ味わわせてやれなかったというのに、不満一つこぼした事はない。その能力の高さと、弛《たゆ》まぬ努力のおかげで、娘は『淑女の鑑』などと評されるまでになっていた。

そんなサラナが、突然、何の責めもないというのに、第2王子から婚約を破棄された。王子はサラナよりも先に学園に入学したが、そこで平民の聖女と恋に落ちたのだとか。しかもサラナが子を産めぬなどという理由をでっち上げ、王命での婚約解消となったのだ。

さすがに理不尽がすぎる。そう王へ抗議したが、息子可愛さに王は我が娘の瑕疵《かし》とするよう、命じてきた。十分な賠償と、サラナの新しい縁談を用意するなどと言ってきたが、子が産めぬとでっち上げられた娘に、まともな縁談など来るはずがない。

キンジェ家の縁戚の者たちは、これを機にキンジェ家の跡取りを自分たちの息子に変更しろと迫ってきた。サラナを貰ってやるが、子が出来ぬなら側妻や愛人としてだ、などと嘯《うそぶ》いた。

その言葉を聞いて、私は、ゴルダ王国への忠誠も、領主としての責任も、全て捨てる事を決意した。王へ、縁戚の者に後を譲り、ユルク王国へ家族で移住したいと願い出た。第2王子の一件で、私たちに後ろめたい気持ちもあったのだろう。王は咎める事も無く、私の願いを聞き届けた。国を出るにあたり、領民たちの事だけは気掛かりだった。親しくしていた近隣の領主たちに、もしもの時には領民たちの受け入れを頼んでおいた。領内の主だった者たちにも、新しい領主に良からぬ動きがあれば、他領に逃げるよう伝えている。噂で聞く限り、今のところは大きな動きはないようだ。

それに、サラナは。これまでは過酷な王子妃教育で思うように時間が取れなかった彼女は、今後、どう変化していくのだろうか。元々の素質もあるが、王子妃教育で叩き込まれた知識は、彼女の糧となり、大きく花開くだろう。だが、その恩恵を、この理不尽な国に還元するなど、私には我慢ならなかった。

妻のカーナも同じ考えだった。サラナを蔑ろにしたこの国に、彼女は深い嫌悪感を持っていた。カーナは隣国、ユルク王国の生まれで、私と出会い、躊躇《ためら》う事なくこの国に嫁いできてくれた。嫁いできた当時は、風習の違いや知り合いがいないこの国で苦労をしてきたが、健気にこの国を愛そうと頑張ってくれていた。それなのに、その国が、娘を傷つけたのだ。

妻に国を出るのなら、ユルク王国に戻ろうと提案された。既にカーナは義兄に手紙を送り、ユルク王国への移住を相談していた。義兄からはすぐに帰ってこいと返事が来ていたそうだ。

「だがいいのかい、カーナ。私は爵位を返上する。平民になってしまうんだ。私と離縁すれば、君とサラナは、ドヤール家の末席として、貴族として残れるだろう」

「あなた。私の家族はあなたとサラナです。身分のために離れるなんて、絶対にあり得ません。あなたが平民なら、私もサラナも平民です。私を、捨てないで？」

妻は私を心細げに見上げてくる。彼女が自分の意見を通すための手法だと分かってはいるが、私はこのオネダリに勝てた事はない。

サラナは第2王子に婚約破棄をされた事について、怒りも悲しみもなかった。「あまり関わりがなかったので……。運命の人とやらに出逢えたのだとか。まぁ、良かったですわねぇ」と、いつもの気の抜けた笑いを見せるだけだった。

「そんな事より、お父様っ！　モリーグ村は長閑《のどか》な所らしいですわよ！　スローライフが楽しめますわね！」

スローライフとやらはよく分からないが、サラナが前向きなのは良い事だ。第2王子との婚約破棄で傷ついた様子は見受けられないが、忙しすぎたこれまでの生活を思えば、田舎でゆっくりすごすのも悪くない。


ユルク王国へ渡った私たちは、義兄家族に歓迎された。娘を不幸にしたと、義父に斬られる覚悟もしていたが、義父はよく帰ってきたと、目尻を下げて喜んでくれた。

生まれた時に一度顔を合わせただけだったが、サラナは義父に一目で懐《なつ》いた。現役を引退してだいぶ経つはずだが、未だに厳《いか》つく迫力のある義父に向かって、「まあぁ、お祖父様。私よりとても大きくていらっしゃるのね！」と、興味津々で義父に纏《まと》わりつく。義父も面白いぐらい相好を崩して、「サラナ、サラナ」と溺愛している。

サラナがドヤールに馴染めるかと心配していたが、義父や義兄家族のおかげで、何の問題もなくすごせているようだ。私も書類仕事が嫌いな義兄のお目付役、いや、補佐として働く事が出来て、ドヤール家のお荷物にはならずに済みそうだと、安堵している。

義父からは早々に、義父の持つ男爵位の譲渡を提案された。サラナが平民のままだと、何処かの貴族のボンボンに見染められ、強引に愛人にされるかもなどと、じじバカな心配をしていた。未だに伝説を作り続ける義父の溺愛する孫に、手を出す愚か者はいないと思うが、仕事上必要だからと義兄からも懇願され、男爵位を受ける事になった。

ラカロ男爵位は、義父が竜の討伐の際に前国王からいただいたらしいが、私には分不相応で、恐縮したものだ。私は竜どころか、魔物1匹、討伐した事はないというのに。

ユルク王国に来てからのサラナは、思っていた通り、いや、思っていた以上に、様々な変化をもたらしてくれた。次々と新規事業を立ち上げ、モリーグ村に、ドヤール領に、恵みをもたらした。その恵みは確実に、ユルク王国全土へと広がるだろう。あの子は自分の周囲を、幸せにせずにはいられない性質だから。

サラナの心のままに好きな事をさせてやりたいが、ゴルダ王国の反応も気になるところだ。奴らのような厚顔無恥が、サラナの価値に気付いたらどうなるのか。聞けば第2王子とそのお相手の聖女は、素行が悪すぎて王家の求心力低下に貢献しているとか。サラナのもたらす莫大な利益と、民からの人気を知れば、我が物にしようと画策するかもしれない。

そのためにも、私は力を付けなくてはならない。義父や義兄のような武力は無くとも、それ以外の方法で、私の全てを尽くして、私の家族を守る。

それにしても。ゴルダ王国以外にも、サラナは厄介な方を惹きつけてしまっているようだが、生半可な覚悟では、彼女を手に入れる事は出来ないだろう。彼の評価は、ドヤール家内では現在下降の一途を辿っているが、ここから浮上するかどうかは、努力次第だろう。

窓の外に視線を向けると、気持ちいいぐらい晴れた空。これならば、シャンジャの海も殊更美しく輝いているに違いない。

今頃サラナは、義父と共に、シャンジャの海に目を輝かせているのだろうか。

そして、刺激の多い港町で、今度は一体、どんな騒動を巻き起こすのか。怖いような、楽しみなような、落ち着かぬ気持ちになるが、私のやる事は、いつも変わらない。

サラナ《私の宝》が笑顔でいるために、力を尽くすだけだ。


市場の探検が終わり、お宝をたくさん持ち帰りました、サラナ・キンジェです、ごきげんよう。

私たちが代官邸に戻ると、ドレリック様のご家族の皆様も、奥様のご実家から戻っていた。ドレリック様の奥様のエレナ様、嫡男でボート家当主のルータス様、ルータス様の奥様、スレリア様だ。

エレナ様は、私とお祖父様の街歩き風の格好に目を見開き、一瞬、ドレリック様をジロリと睨みつけていたけど、私たちに向き直った時には和やかな笑みを浮かべていらっしゃった。

「まぁまぁ。港町シャンジャへようこそいらっしゃいました」

美しい淑女の礼をとられたエレナ様に、私も淑女の礼を返す。

「お初にお目にかかります。サラナ・キンジェ・ラカロと申します」

いつものドレスではないので、イマイチ決まらないが、まぁ、仕方ないわよね。

そんな私の戸惑いを感じ取ったのか、エレナ様が心配そうな声を上げた。

「お嬢様、夫が無理を言って市場を連れ回したのですね？　申し訳ありません。夫はシャンジャの事になると、周りが見えなくなるところがございまして。高貴なお嬢様に市場巡りなど、お辛くはありませんでしたか？」

エレナ様はまたジロリとドレリック様を睨む。

あら大変。冤罪《えんざい》ですよ。私が自ら市場巡りを熱望したのですから。

「まぁ。そんな事はございませんわ。市場に行く事は、私がドレリック様にお願いしたのです」

「……なんてお優しい。夫を庇《かば》う必要などありませんのよ。全く、シャンジャ自慢になると、止まらない、残念な爺に付き合わされてお可哀想に。私たちがもっと早くこちらに戻っていれば……」

「お、おい、エレナ。私は別に、サラナ様に強要などは……」

「貴方は昔、スレリアへ同じ事をしたのを忘れたのですかっ！　ボート家の嫁になるならシャンジャを知らなくては務まらないなどと言って、スレリアを市場中連れ回して、疲れすぎてスレリアは昏倒したのですよっ！」

あらま。ドレリック様、前科がおありなのね。スレリア様を見ると、ルータス様共々、苦笑していた。

「それを反省もせず、こんなお若い、可憐なお嬢様の目に、荒々しい海の男たちを晒すなんて！お嬢様の心の傷になったらどうするの！」

「いやいやいやいやいや！　私だって、昔の事を反省して、ちゃんとサラナ様にはご説明したんだよ？貴族の集うサロンとは違って、市場は大変雑多な所ですよと。だが、サラナ様は……」

チラッと私に目を向けるドレリック様。その時。

「お嬢様！　こちらの荷物は厨房にお運びすればよろしいでしょうか？」

タイミング良く、街歩きに付き添ってくれた使用人さんが、芸術的に積み上げた市場のお土産を持って入室して来たのを見て、エレナ様がポカンと口を開いている。

「え、ええ。運んでくれてありがとう。私も後から厨房に参りますので、お願いします」

「はいっ！　料理長が、準備万端整えておりますとのことです！　お待ちしていますっ！」

今日付き添ってくださった方は、昨日、厨房にもいらした調理員の方だわ。昨日の厨房での熱気をそのまま、買い物まで継続なさっていて、私が購入するものを、ギラギラした目で見ていたわね。料理長に何か言われていたのかしら？　やたらと色々な食材の説明を熱心にしてくださって。まぁ、私はためになって良かったけど。

あら、それにしても。あの大量の品を見たら一目瞭然よね。傷付くどころか、目一杯満喫したって事が。何だか心配していただいた手前、恥ずかしいわ。

「えー。コホンッ。エレナ様、大変素晴らしい市場でしたわ。ドレリック様に無理を言って、ご案内していただいてよかったです。私、モリーグ村に戻る前に、また市場に行きたいですわ」

「えっ！」

エレナ様がドレリック様を見る。ドレリック様は重々しく頷き、それに対してエレナ様がさらに驚いたように私を見た。

夫婦間の無言の会話だったが、第三者の私にも読み取れたわ。『本当にこのご令嬢が市場歩きを楽しんでいたの？』『満喫していた』『嘘でしょ？』といったところか。

まぁ確かに、市場は磯の香りと魚の匂いが充満していたし、慣れない人には大変かも。売り買いする人たちも言葉遣いは荒っぽく、普通の令嬢なら困惑したかもしれない。

「はっはっはっ！　何も問題など起きておらんさ。今宵はサラナが市場で値切った新鮮な魚を共にいただこうではないか！」

お祖父様！　何故、今、値切りをバラすんですかっ！　早々にお淑やかな淑女の仮面が剝がれたではありませんかっ！　感じてくださいませっ、この微妙な空気を。エレナ様は戸惑いを通り越して呆然としているし、ドレリック様はどうしていいか分からずオロオロなさっているし。ルータス様やスレリア様は笑顔で固まっているではありませんか。

まあねぇ。この世界の常識で言えば、貴族のご令嬢は街歩きなんて滅多にしない。そもそも市井で買い物なんて必要がないのだ。欲しいものがあれば、商人を家に呼びつけるのが普通だし、お値段なんて、見ないし聞かないし知らないし。お支払いは令嬢の目に入らない所で、お付きの使用人がするものだし。深窓のご令嬢の中には、生まれてから一度もお金を見た事がない子もいるぐらいだから。欲しいものは欲しいと言えば、周りに揃えてもらうのが一般的なのだ。

だから私の取った行動は、貴族らしからぬ振る舞いと言われてもしょうがないのだ。値切ったのはやりすぎかと思ったが、ああいった場所で、値切りもせずに買うのは失礼よねー。それにしても、市場の小父さまたちは、なかなか手強かった。この私に、1割しか値切らせないなんて。

「ま、まあまあ、母上。サラナお嬢様もバッシュ様もお疲れでしょう。私たちも着いたばかりですし、少し休んでからお話しいたしましょう」

パニックを起こしているエレナ様を落ち着かせるため、スレリア様がそう提案してくださる。

そうですわね。ゆっくりお話しして誤解を解きましょう。

そうしないと、ドレリック様との夫婦間に、ヒビが入りかねませんもの。

「ふふふ。今日はモリーグ村の薬味と、シャンジャのお魚を楽しんでいただきたいですわ」

デジャブですわね、この展開。昨日もアフタヌーンティーを楽しむのもそこそこ、すぐに厨房に突撃しましたもの。昨日と違うのは、料理長さんたちが準備万端で待ち構えていた事ぐらいかしら。私が厨房に行くと、ズラッと並んで出迎えられ、スッと包丁を差し出されたわよ。手術台に向かった名医の気分。先生、お願いします、って感じかしら。

お祖父様と、昨日の展開に慣れたのか、ドレリック様は平常運転。その他の皆様は、不安気にキヨロキョロとお互いを見ている。分かるわぁ。令嬢の手作り料理。不安しかないわよね。

「薬味?」

聞き慣れない言葉に、お祖父様が首を傾げる。あら、そういえば、ドヤール家では特に薬味と説明せずにお出ししていたわね。

「薬味とは、食事に風味を加える香辛料や野菜などの総称ですわ。モリーグ村は豊かな山の幸に恵まれていますから、いわば、山と海の幸の共演ですわね」

「ふぅむ。やはり、サラナは博識だな」

安定のじじバカぶりを発揮するお祖父様。昨日の料理で興味津々のドレリック様。ご期待には応えられるかしら?

「まずは海の幸の舟盛り、山の薬味添えですわ」

私の合図で運ばれて来たワゴンに、どどんと乗せられた舟盛り。前世、死ぬ間際に食べ損なったアレ。高級旅館で一番にお高いメニューだった、特選、海鮮盛り! エビカニ三昧。世界を超えて再現しました! 私の片腕ボリスさんに、こんなもの何に使うんだと言われながらも作ってもらった、船型の器に映えるわぁ! やっぱり舟盛りはこれよねぇ!

「ほぉ!」

「まぁ!」

皆様の反応は分かりやすく好意的だった。ツマや飾りもちゃんと再現したから、豪華に見えますわよね! 私、頑張りました! きゃー! 私も早く食べたい!

「こちらはモリーグ村で採れた山わさび、茗荷《みょうが》、浅葱《あさつき》、生姜です。辛味やクセがありますから、少しずつお試しください」

小皿に盛った様々な薬味に、魚醬、塩とオイル、リーモンの汁。リーモンより甘味の多い柑橘も準備しております。

「サラナ、この山わさびは、いつもステーキに添えられているヤツだな？」

お祖父様のワクワクした顔に、私は頷く。

「ええ。お祖父様のお好きなステーキに添えている山わさびですわ」

お祖父様はステーキにはソースより塩と香辛料、山わさびがお好きなのだ。この方が、肉の味が分かりやすいと仰って。通好みよね。もしかしたら、お刺身も、塩とオイル、少しの香辛料が好まれるかも。色々試していただけたら、お祖父様の好みがもっと分かるわね。

「あ、の、この美しい魚や貝は、食べてもよろしいので？　まるで芸術品のように美しいのですが……」

ルータス様が溜息交じりに仰るけど、生ものなので早めに召し上がっていただきたいわ。新鮮なうちに。ハリーアップよ。

「もちろんですわ！　美しさを楽しみ、香りを楽しみ、味わいを楽しむのが料理ですもの」

料理人さんたちが総出で飾り付けた舟盛りは、それはもう豪華絢爛ですものねぇ。あぁ、伊勢海老？　みたいな海老のぷりっぷりや、アワビっぽい貝のコリコリした食感。想像だけで、ご飯３杯いけますわ。ご飯はこの世界にないのだけど。

使用人さんたちがそれぞれのお皿に美しく給仕してくれる。自分で取るわけにもいかないからね、貴族というやつは。ああ、それにしてもお箸が欲しいわ。フォークとナイフだと何となく違う感があるのよね。作ろうかしら、お箸。

「あ、辛い。……いや、でも、魚の生臭さが抑えられて、美味い！」

「まぁ、確かに。辛みはあるけれど、すぐに消えていく。ああ、魚醤と合うのね、美味しいわ」

皆様から感嘆の声が漏れている。良かった。薬味は受け入れられたようね。

私もお魚を一口。うーん！　美味しい！　これよ。これ。死ぬ間際に食べ損なった海の幸！　ようやく夢が叶ったわ。もう、成仏してもいいんじゃないかしら。

「お嬢さま、こちらの方も、準備が整っております」

料理長さんに小声で話し掛けられ、ハッと現世に戻る私。いけない。まだ死ねないわ。

「サラナや。それはなんだ？」

お祖父様が目ざとく気付く。いや、普通に気付きますよね。結構な存在感だもの。ジュウジュウしてるし。

「お刺身も美味しいですが、こうして焼くと、また美味しいのですわ」

こちらもまた、ダッドさんに何に使うんだと言われながら作ってもらった七輪。荷物と一緒に持ってきました。もうね。食べる気満々な旅行なのがバレバレよね。

七輪の上に置かれたハマグリやサザエやホタテに似た貝がグツグツと音を立てている。皆さまの目が釘付けよ。目の前で調理って、あんまりこっちの世界ではないものね。

パカリと開いたホタテっぽい貝に、料理長さんが澄ました顔でバターと魚醤を垂らす。味見で小躍りしていた人と同一人物とは思えないぐらい冷静だわ。厨房での味見、行列が出来たのよ。美味しいものって、並びたくなるのは世界が違っても一緒なのね。

「ほぉぉぉ！」

ホタテっぽい貝を一口食べたドレリック様が奇声を上げる。

お祖父様は、無言でバクバクと召し上がっている。ハマグリっぽい貝に、胡椒とリーモンの汁をかけているわ。んまぁ、オシャレ。美味しそう。

エレナ様も、熱々のサザエに驚きながらも、満足気に笑っていらっしゃる。ルータス様もスレリア様も無言でもぐもぐタイム。あら。社交は良いのかしら。まぁいいか。

海と山の幸のコラボ。大変ご好評いただきました。

ルータス様より、舟盛の器と七輪、そして薬味について、ご商談をいただきました。レジャーにいらした高貴な方々へのお食事の際に、是非使いたいと。街の宿屋や料理屋でも使いたがるだろうと。大口発注&継続購入になりそうなので、アルト商会長に慌ててお手紙を送りました。また忙しくなりそうだわ。

今の世では、初めて海に入ります、サラナ・キンジェです、ごきげんよう。

季節はまだ春の初め。海水浴には早いので、膝丈より少し長いスカートで、足を浸からせるぐらいですけどね。一応、こちらの世界でも、水着代わりの服はあるらしいが、淑女はあまり、海水浴を好まない。乳母日傘《おんばひがさ》のお嬢様ですからね。せいぜい、水辺できゃっきゃっとはしゃぐぐらい。私もぴちぴちの14歳だが、中身はアラなんとかだ。今さら、海で泳ぎたーいとは思わないわ。疲れるもの。ほほほ。

一応、足を浸からせる程度でも、淑女が人前で脚を晒すことはご法度なので、貸し切りプライベートビーチに来ている。高貴な方々が利用するビーチだが、小さな別荘も付いていて、お庭の窓を開け放つとそこは海！　という素晴らしい景観。綺麗だわー。海風も涼しく、快適。広いウッドデッキにテーブルやイスを並べ、優雅にティータイム。うん、もう少し暑くなったら、冷たいティーもいいわねぇ。フルーツいっぱいのドリンクもいいわ。南の島のリゾートみたい。

遥《はる》か遠くにぽつんと見える黒い点は、水が冷たかろうが凍っていようが関係のない、お祖父様の姿だ。「美味い魚を土産に取って来よう」と、短衣姿で海へザパンと潜っていった。時々、お祖父様って本当に三百歳ぐらいまで生きるんじゃないかと思う。なんて頼もしさの塊なのかしら。天変地異とか大災害が起きても、お祖父様の側にいたら、なんとかなる気がします。わりと。

「バッシュ様は、老いというものを感じさせませんなぁ」

お祖父様と同年代であろうドレリック様が、海を眺めながらぽつんと呟く。お祖父様から遠泳に誘われていたが、引きつった顔で断っていたドレリック様。正解ですわ。

「うふふ。いつまでも若々しくて格好いい、最高のお祖父様ですわ」

私が本音百%で褒めると、ドレリック様が嬉しそうに微笑んだ。

「本当に、サラナ様はバッシュ様がお好きでいらっしゃいますねぇ。バッシュ様はあの厳ついお顔と武勇のおかげで、厳つい部下どもの憧れでしたが、女性や子どもには怖がられておりましたのに」

「まぁ。強く逞しく、紳士でお優しくて、好きにならない要素がございませんわ。初めてお祖父様にお会いした時、とても優しい眼をされていて……。私、一目で大好きになりましたのよ！」

初めてユルク王国を訪れた時。ドヤール家の皆様に受け入れてもらえるかと緊張していた私が、お祖父様と対面した時。お祖父様は「よく帰ってきた」とその逞しい腕で私を抱き締めてくれた。

厳つい顔を緩め、優しい手で何度も頭を撫でてくださった。その時から、私はお祖父様が大好きだ。

「あの、女性や子どもには泣き叫ばれ、恐れられていたバッシュ様が……。はぁぁ。サラナ様は、天使のような方でございますねぇ」

相変わらず、お祖父様とは気安い関係であるドレリック様は、お祖父様批評には容赦がない。確かに外見は怖く見えるかもしれないけど……。泣き叫ばれているのね、お祖父様……。

その時、海辺が騒がしくなった。何かの鳴き声と、それに交じって、子どもの声？

「お嬢様！　部屋の中へ！」

すぐに護衛さんたちが、私たちを庇うようにしながら、別荘の中に誘導する。私もドレリック様も、護衛さんたちの指示に従って部屋の中に入った。護衛さんたちとは別の、警備の人たちが騒ぎが起こっている場所に駆け付け、荒々しい怒声が聞こえた。

「こいつ！　ここが立ち入り禁止区域だと分かっているのか！」

「魔物など引き込んで！　どういうつもりだ！」

遠目でよく見えないが、警備の人たちが何かを取り囲んで怒鳴っている。キューイキューイと哀れっぽい鳴き声も聞こえた。

気にはなったが、相手の正体が分からない以上、外に出るのは得策ではない。それに、それほど時間は掛からず、解決すると分かっていた。何故なら。

「何事だ」

海辺に降り立つ、海神みたいな雄々しい形相のお祖父様。その両肩には、大きなマグロっぽい魚を2匹抱えている。お祖父様にしては小振りな獲物だわ、と呑気に考えてしまった私も、だいぶドヤール家に毒されている気がするわ。

騒ぎが起こってすぐに、私には全速力でこちらに向かってくるお祖父様が見えていた。数キロぐらい離れた場所にいたのに、しかも海に潜っていらしたのに。どうして騒ぎが起こっているのに気付けたのかしら。謎だが、お祖父様だし。

別荘の中で待機している私に、お祖父様が手招きする。あら。危険はないようだわ。お呼びという事は、何か厄介事かしら。

「サラナ。生きた魔物を見たいと言っていたな。あれなら危険はないぞ」

護衛と共に海辺に戻った私に、お祖父様が指し示したのは……。かーわーいーいー！　え？　なに？　イルカ？　みたいだけど、もっと小さな、前世の犬ぐらいの大きさの、真っ白なイルカみたいな魔物だった。それが海から十数匹、キューイキューイと鳴いている。やだ、可愛い。うそ、可

愛い。

「ルイカーだ。群れで行動する魔物だが、大人しく害はない」

名前も似てるのね。ルイカーはぐるぐると海を回り、キューイキューイと悲し気な鳴き声を上げている。何かを気にしているような……？

ルイカーたちの視線は、警備の者たちに囲まれた人物に注がれていた。10歳ぐらいの男の子だ。身なりからして、平民の子だろう。丈の合ってない、薄汚れた服。あまり裕福な家の子ではないようだ。

「すいませんっ、すいませんっ。ルイカーが1匹、中に入り込んじゃって、連れ戻そうとしたら他の奴らも付いてきちゃって！　ごめんなさいっ」

男の子は頭を砂地に擦り付けて謝っている。ドレリック様が焦った顔で、お祖父様にとりなしている。

「も、申し訳ありません、バッシュ様。その子は私もよく知る街の子です。皆様に害を為すような事は決してございません。私から、きつく叱っておきますから、どうか、ご容赦ください」

お祖父様は、じろりとドレリック様を睨みつけると、のっしのっしと子どもに近付いていく。

「小僧。お前に害意はなくとも、平民のお前が許可なく貴族の出入りする場に入り込めば、手打ちになる事もある。勝手に入り込む前に、外の警備の者に声を掛けるなり出来たであろう。もう少し、考えて行動せんか」

お祖父様の魔王のような恐ろしさに、子どもは声もなく青ざめている。なるほど。泣かれる理由が分かったわ。私でも今のお祖父様は、ちょっと怖いもの。

「ドレリック。街の子を失いたくなくば、貴族の恐ろしさをきちんと教え込まんか。ワシらだったから良かったようなものの、平民の命を、虫けらと同じと考える阿呆もおるだろうが」

「はっ！　申し訳ございません！」

ちょい怒り気味のお祖父様。そうね。他の貴族だったら、見逃してもらえるかどうか、分からないもの。良くて投獄、悪ければその場でバッサリもあり得るものね。

「ふふふ。気を付けなくては駄目よ？」

涙目ウルウルでへたり込む男の子にそう声を掛ければ……。あら。どうしたのかしら、急に真っ赤になって、あわあわしているわ。

「ちっ。小さくても、男か。サラナ。不用意に微笑んではいかんぞ」

お祖父様が私の前に立って、先ほどより余計に不機嫌になる。どうしたのかしら。

それより、お祖父様。その獲物、いつまで担いでいらっしゃるおつもりですか。血の滴る、白目を剝いたマグロモドキ。お祖父様のアクセサリーにぴったりすぎて、怖いですわ。


「このルイカーは、貴方が飼っているの？」

男の子あらため、シュート君は、カチンコチンに緊張しながら、クッキーを頰張っている。なんだか可愛らしいというか、初々しいわね。私が接する子どもたちは、孤児院の子たちが多いのだけど。皆なんというか、図太いというか。大人相手でも物怖じせずにずけずけ、面倒な相手には慇懃《いんぎん》無礼という、なんとも逞しい子ばかりだものね。昔は可愛かったのに、何があの子たちを変えたのかしら。私の教育方針ね、どう考えても。

あの騒ぎの後、私はシュート君をお茶に誘った。あんなに可愛いルイカーに随分と好かれている子だもの。色々と話を聞きたくなったのだ。恐縮するシュート君を、強引に同席させている。お祖父様とドレリック様もご一緒だから、シュート君はさっきから狼狽《うろた》えっぱなしで、落ち着かないようだ。

「か、飼っているというか。その、俺は、いえ、僕、は、海ですごす事が多いので、と、友だちというか」

真っ赤な顔でシュート君はしどろもどろに答える。

「き、木の実や、小さな貝や、小魚をあげているうちに、懐かれて、仕事の合間に、遊んでいるんだ、いや、遊んでいますっ」

「まあ。そうなの。貴方に付いてきちゃうなんて、随分と懐かれているのね」

シュート君は普段、港で働いているらしい。漁師たちが獲ってきた魚や貝などの仕分けをしているそうだ。そこで貰った売り物にならない小魚などを、たまにルイカーにあげていたのだとか。そうしているうちに、ルイカーに懐かれたらしい。

ちなみにこのルイカー。ドレリック様の説明によると、どこの海にもよくいる、一般的な魔物らしい。害はないが、群れで行動し、遊び好き。船乗りたちの仕事を邪魔する事もあるので、討伐されるまでではないが、結構厄介な魔物と認識されているらしい。あらまぁ。こんなに可愛いのに。

でも確かに、忙しい時に船を通せん坊されたり、水を掛けられたりしたら、イラッとくるかもしれないわね。

でも本当に可愛いのだ。私もさっき小さな貝や小魚を与えたら、ルイカーたちは、キューイキューイと喜んでぐるぐる回って泳いでいた。小さなジャンプをしたり、並んで泳いだりと芸達者。イルカショーみたいだわ。いや、ルイカーショーね。

「そ、それに、ルイカーは、た、頼めば背中に乗せてくれて、貝の取れる穴場に連れて行ってくれるんだ、いや、くれるんです」

「まぁ。頼みを聞いてくれるの？　随分と頭がいい子たちなのね」

なにそれ。可愛い。私も乗ってみたいけど、サイズ的に無理かしら。

「だ、大丈夫。ああ見えて、ルイカーは、ち、力が強いんだ。１匹で、お嬢さまなら、10人ぐらい、運べるよ、いえ、ますっ」

「そうなの？」

まぁ。中型犬ぐらいの大きさなのに、随分と力持ちなのね。

チラリと傍らでお茶を飲んでいるお祖父様を見上げると。困った顔。

「危ない事はいかんぞ、サラナ。落ちたらどうするのだ」

「ですわよねぇ」

馬には練習して、乗れるようになったけど。私程度の運動神経では、さすがにルイカーに乗るのは無理でしょう。ああでも。海の冒険。楽しそうだわ。

「お、俺が、一緒に、の、乗りましょうか？」

「却下だ。嫁入り前のサラナを、男と2人っきりなんぞ、許さん。どうしてもというなら、ワシが一緒に乗る」

シュート君の提案を、秒で断るお祖父様。男って、相手は子どもですよ。何の心配をなさっているのかしら。

そしてお祖父様。中型犬サイズのルイカーに熊のような大男が乗っていたら、見た目のインパクトが恐ろしい事になりますわ。お辞めくださいませ。

ううん。八方塞がりだわ。でも、ルイカーと海の冒険、諦められない。泳ぎたくはないけど、楽しみたいのよね、海を。ほら、前世みたいに……ん？　前世か。

ふと思いついた事があった。うん、あれにすれば、私も乗れるんじゃないかしら。

「ドレリック様、お願いがありますの」

わたしはドレリックさんに、にっこりと微笑んだ。ドレリックさんが、目を瞬かせ、お祖父様が、楽し気な顔をする。

すぐに試してみたいわ！　ダッドさんとボリスさんに、大至急、お手紙を書かなくちゃ！


呼べばすぐに駆け付ける、頼りになる右腕と左腕がいます。サラナ・キンジェです、ごきげんよう。

ドレリック様にお願いして、ダッドさんとボリスさんに書いたお手紙を届けてもらう。シャンジャからモリーグ村まで、馬で飛ばせば半日ほどで着くらしい。

何かを作る時や、私の考えた事を形にする時は、いつもこの2人に相談しているんだもの。でも船なんてあまりに専門外だろうから、知り合いに船職人はいないか聞いてみたのよね。

そうしたら、翌日には馬に乗ったダッドさんとボリスさん、そしてアルト会長がシャンジャにいらっしゃった。あれ。職人さんを紹介して欲しかったんだけど。どうして皆様がいらっしゃったのかしら。

「お嬢がまた何かやらかしそうだからな。駆け付けねぇ理由がねぇだろ」

ダッドさんにそう笑われ。

「気晴らしのご旅行と伺っていましたが、やはり、ダッドさんとボリスさんに、サラナ様から連絡が来たら、すぐに知らせていただけるようにお願いしていて良かった。さぁ、次は何を思いついたんですか?」

ニコニコ顔のアルト会長に圧を掛けられ。最近、逞しくなりましたね、アルト会長。

「セルト様の命令で、ルエンも追っ付けこっちに来るぜ?」

ボリスさんにそんな事を言われて。

すっかりいつもの体制で、楽しい船の開発が始まったのだけど。やっぱり船は専門家がいた方がいいわねという事で、シャンジャの船職人で、シュート君のお父様のロダスさんも加わってもらった。

ロダスさんは数年前から肺の病気のせいで職人を辞めていたのだけど、船については誰よりも詳しいとシュート君が自慢していたので、プロジェクトにお誘いしたのだけど。

よく効くお薬を飲んであっという間に完治したロダスさんに、私の構想を話すと、初めはぽかんとしていたけど、すぐに夢中になって試作品を作ってくれた。さすが国一番の船職人と言われるだけの事はあるわぁ。私の書いた落書きを、本格的な設計図に書き直し、ロダスさんの工房にいた元弟子さんたちを呼び戻し（もちろん、彼らも雇ったわよ）、プロジェクトチームが出来上がった。

私の自称右腕と左腕のダッドさんとボリスさんがオブザーバー。遅れて来たのに何故か自然とプロジェクトチームを仕切り出すルエンさん。荒ぶる職人を柔和な笑顔で掌握していくアルト会長。そんなプロフェッショナルが揃った、専門用語が飛び交う会議での私の役目は、ニコニコ笑って頷くだけ。

もう慣れたわ、このアウェイ感。アウェイを感じさせず、チームの一員みたいな顔も出来るぐらい慣れたわ。なぜか私がプロジェクトの総責任者（お飾り）らしいのに、良いのかしら。良いみたいだわ。ほほほ。

そんな凄い人たちが揃っていたので、ルイカー船はあっという間に出来上がった。船底の一部を強化ガラスにする発想に、凄く感心されたけど、前世ではよくある加工だったからなぁ。船底のガラス加工と、ルイカーを船に繋ぐ機具等については、ルエンさんの手でもちろん利益登録された。隙が無いわ。

「サラナ。また会議なのか？」

モリーグ村のダッドとボリス、秘書のルエン、アルト商会の小僧を従え、サラナが朝食もそこそこ、忙しそうに立ち上がるのに声を掛けた。

「ええ、お祖父様。今日はルイカー船の改造のために、工房の方へお邪魔する予定なのです。それから、改造スケジュールの会議が」

「むぅ。ここのところ、連日ではないか」

せっかくのサラナとの旅行、いや、視察なのに。全くワシと出掛ける暇がないではないか。まだ市場にも一度しか行ってないし、服屋で新しいドレスも作っておらん。

ワシの不満に、叱られたと思ったのか、サラナが眉を下げてしょんぼりとしている。む、叱っているわけではないぞ。ただ、せっかく気晴らしに来たというのに、仕事ばかりで、ちっともワシと一緒に遊べていないではないか。

サラナがあの忌々しい王弟に傷つけられ、落ち込んでいたのを見かねて、シャンジャに連れて来たのはワシだというのに。何故、他の奴ばかりがサラナと一緒にいるのだ。納得がいかん。

「でも、お祖父様。ルイカー船は、例の問題の解決の糸口になりそうなのです」

例の問題。あれか。サラナとセルトが、揃って頭を悩ませていた問題。それならば、仕方がないが。だが、仕方ないと分かっていても、つまらん。

サラナの配下どもが、サラナとワシを心配そうに見比べているが、ワシとて、サラナの邪魔をする気はないのだ。ただ、何の手伝いも出来ぬ自分が、悔しいだけなのだ。

「お祖父様。シャンジャに連れて来ていただいて、ありがとうございます」

むしゃくしゃしているワシを、サラナはジッと見上げてきた。

「シャンジャは素敵な街です。海がきれいで、街が活気に溢れていて。皆が、この街に誇りをもって生活しています」

サラナが嬉しそうに、眼をキラキラさせている。

「だから私も、少しでもシャンジャのお役に立てたらと思うのです。お祖父様、この街のために、もう少しお手伝いするのを許していただけませんか?」

ここまで言われて、そしてこれほどシャンジャの街を思うサラナを、どうして止める事が出来ようか。

「分かった。だが無理はいかんぞ。何かあれば、必ずワシに報告するのだぞ?」

サラナを脅かす阿呆など、この街にそんな命知らずはいないとは思うが。念のため、サラナには言い聞かせておく。なにせ、サラナは可憐で、聡明で、男どもを惹き付けずにはいられぬほど可愛らしいが、自覚がなくて危なっかしいからな。サラナの配下どもに、睨みを利かせる。決して、サラナに悪さをする者を近づけるなよと。

配下どもはいっぱしの兵《つわもの》のような顔で、頷いておる。ふむ、まぁ、悪くはない面構えだ。

「はい、絶対に無理はしませんわ。あ！　お祖父様……。私、その、お願いが……」

キリリとした顔が一転。サラナが恥ずかしそうにもじもじと、俯いている。なんだ？　お願い？　なんでも言うといい。

「あの……。私、お祖父様が捕まえてくださった、グロマのお刺身が、また食べたくて……」

消え入りそうな声で、頬を染めて可愛らしくねだるサラナ。なんだ、そんなことか。アレは海の深い所でしか獲れんから、中々、市場には出回らないと聞くからな。サラナの願いならば、それぐらい、いくらでも獲ってやろうぞ。

「分かった、サラナ。今日の夕飯は、グロマ尽くしといこうじゃないか」

ワシが請け負うと、サラナの顔がぱぁっと輝く。男どもに交じって、凛々しく働く時とは違い、こんな顔は年相応だ。ふむ、可愛いな。

そんな孫娘のささやかな願いを叶えるべく、ワシは海に向かった。

誰かが、「さすが、サラナ様。猛獣使い……」などと呟いていたようだが、ワシの耳には入らなかった。


その日の夕方。幻の魚グロマが6匹も水揚げされたという知らせが、シャンジャの街を駆け巡った。シャンジャ始まって以来の快挙だとか、新記録だとドレリックが騒いでおったが、知らんわ。ワシは夕飯を獲っただけだ。

まだ春ですが、一足早く夏を満喫しております、サラナ・キンジェです、ごきげんよう。きゃーっ！

「お祖父様！　速いです！　速いです！　速度を緩めてぇぇ！」

「はははははっ！　良いぞ、シュート！　もっと飛ばせ！」

お祖父様にしがみつき、悲鳴を上げる私。

スピードに興奮して、眼が逝っちゃってるお祖父様。

割とスピードに強いシュート君は、私を気遣いながら、お祖父様の言う通り、どんどん速度を上げていく。

「酷いですわ、お祖父様！　生きた心地がしませんでした！」

ようやく地上に戻ってきた私は、足がガクガクして立つ事すらままならなかった。そんな私を軽々と抱え、お祖父様は楽しそうに大笑いしている。

「許せ、サラナ。思った以上に、楽しかったわ」

「私の思い描いていた、優雅な海の散策とは、全く違いました！」

遊覧気分のはずが、まさかのスピードボード。急カーブやVターンの連続で、心臓がバックバクだったわよ。

「お帰りなさいませ。大変でしたねぇ」

ドレリック様が、私たちを労いと共に迎えてくれた。エレナ様が慌てて、私をゆったりとした椅子に座らせてくれる。

「サラナ様。どうぞ、これをお飲みになって」

スレリア様が、温かなハーブティーを出してくれる。ふぁぁ。恐怖に縮こまった身体に、染みわたる温かさ。

「しかし、素晴らしいですわ。これなら、私たちでも海を楽しめますわね、サラナ様」

スレリア様がワクワクした顔で、海辺を見ている。ええ、そうですわね。お祖父様が一緒でなければ、楽しめるかもしれませんわ。

今、私が試乗したのはルイカーが引く、遊覧船だ。ルイカーを数頭、専用の手綱を付けて、小型の船に繋いでいる。群れで行動するルイカーは、手綱を握るシュート君の言う事をよく聞いて、犬ぞりのように船を引っ張ってくれた。

内装も凝っている。貴族が利用するに相応しい、イメージは高級クルーザー。豪華なソファとテーブルも備え付け、シャンパン片手にクルージングも出来ちゃう。んまぁ。セレブリティ。

試乗も、最初の内は良かったのだ。海辺をぐるりと優雅に一周。船の床と壁を一部、魔法で強度を上げたガラス張りにしたおかげで、シャンジャの透明度の高い海を堪能出来た。瑠璃《るり》色の海の中、ゆったりと泳ぐ、美しい魚たち。絶景よ、絶景！　幻想的な海の底の世界を、うっとり楽しんでいたというのに。

おかしくなったのは途中から。お祖父様がふと、どれぐらいの速さが出るのかと興味を持ったおかげで、どんどんスピードを出し始めて。あんなに揺れる船の中で、私を軽々と抱き上げたまま、どこにも摑まらずに平然と立っているお祖父様の体幹は、一体どうなっているのかしら。船床に、足がくっついているんじゃないかと思うぐらい、ぐらりともしないのよ。感動するわ。

「とりあえず、耐久テストは大丈夫そうですわ。ぜひ、エレナ様とスレリア様もお試しになってみてくださいませ。……お祖父様！　しばらく試乗は禁止です！」

私の言葉に、顔を見合わせたエレナ様とスレリア様が、嬉しそうにイソイソと立ち上がる。

再び同乗しようとしていたお祖父様を、厳しめの声で止めました。エレナ様とスレリア様を、昏倒させる気ですか。

「むぅ。楽しかったのだが。ダメか、サラナ」

きゅーんきゅーんと子犬顔のお祖父様。ぐっ。この顔に弱いと知っていて、やっていますね、お祖父様。

「み、皆様が試乗した後で、シュート君やルイカーたちが疲れていなければ、……よろしいですわ」

「分かった！」

お祖父様の眼が輝く。ごめんね、シュート君とルイカーたち。結局、私はお祖父様に弱いのだ。だって、可愛いのだもの……。

「お嬢。大変だったな。だが、耐久テストにも耐えたと思えば……」

ボリスさんが苦笑いをする。そう思うなら、ボリスさんが同乗してくださいませ。

「そうだな。あのスピードにも安定性を失う事はなかった。良かった」

ダッドさんまで、そんな事を言ってお祖父様を庇っている。それならせめて、私の乗っていない時にやって欲しいわ、そういうテストは。

「しかし。相変わらずお嬢の考える事は面白い。まさかルイカーに船を曳かせるとは」

ボリスさんに笑われる。だって、海の冒険を諦めたくなかったのだもの。直乗りが無理なら、船を曳いてもらえないかと思ったのよ。船なら淑女が乗っても問題ないわよね、と思って。

「ルイカーは魔物だからな。魔物の本能で、強い者には従う。手綱は、威圧を使える者なら、問題なく操れるであろうよ」

お祖父様がニヤリと笑って仰る。確かに、途中でシュート君と操縦を代わっていたお祖父様も、難なくルイカーを操っていたわね。なんとなく、ルイカーが緊張していたように見えたけど。懐いているシュート君以外でもルイカーを御せるのは、朗報だわ。

「では何人か、威圧の使える者を雇った方がいいでしょう。手配はお任せください」

アルト会長が、手際よく書類を整えていく。まあ不思議。視察旅行とは名ばかりのバカンスだったはずなのに、見慣れた仕事風景だわ。おかしいわね。

「いやー。しかし素晴らしい。これでシャンジャの観光名物が増えますなぁ」

ドレリック様がほくほく顔で仰るけど。あらまぁ。それだけではありませんわよ。

「ドレリック。何を言っている。お前、これから忙しくなるぞ」

お祖父様が呆れ顔で仰る。ドレリック様は、ピンときていないのか、きょとんとしている。

「まずは港の組合だ。そこの説得。まぁ、それほど反発はあるまい。シャンジャ全体が潤うのは明白だからな。操縦士は、他の者が育つまでシュートを教育係にするがよい。他に掻《か》っ攫《さら》われんように、護衛を付けた方がいい。なんならシュート一家を代官邸で引き受けよ。後は船の増産だ。どれぐらい必要か、試算せねば」

「そうですわね。ドヤールの他の港に広がる事を考えて、シャンジャをモデルケースにしたいですわ。ルイカーの保護も考えませんと。乱獲になりますわ」

「グェーや、モーヤーンの時のようにか。ふむ。ルエンに規制のたたき台を作らせるのだな？」

「ルエンさんは優秀ですから、もう出来ていましたわ。シュート君にルイカーの生態について詳しく聞いて。ふふふ。早いですわよね」

「そうか。全く。平民だというだけで、ルエンを首にした王宮はつくづく、見る目がないのぅ。そうだ、サラナ。あの船は遊覧には向くが、荷運びにはちと、小さすぎはしないか？」

「荷運び用の船も、試作は出来ておりますわ」

「ふうむ。この短期間でよく出来たな」

「元々あった荷運び用の船を改造しただけですから。今までの人力の物より、少し大きめでもルイカーなら軽々運べるらしいですわ」

「ま、待ってください。バッシュ様、サラナ様。一体、何のお話を……。ま、まさか」

慌てるドレリック様に、お祖父様は、当たり前のように仰った。

「だから、大型船問題への解決策の話であろうが。何をボーッとしとるんだ。忙しくなると、言っておるだろうが」


まあ、最初は完全に遊びが目的だったのだけど。

ダッドさん、ボリスさん、ロダスさんと船を作っているうちにですね。あら、これ、大型船への荷運びにも、応用出来るんじゃないかと思ったのよ。

ルイカーはどこの海にもいるし。遊び好きで人に慣れていて、強者に従うという魔物としての本能もあるから、威圧で操る事も出来る。力持ち。エサは海辺の貝や小魚。つまり漁で取れる売り物にならない小魚や貝で賄える。群れで行動する事を好み、協力して荷を引っ張るのも遊びとして楽しめる。

あらー。この子たち、優秀な働き手になるんじゃないかしらー、ってね。

シュート君に相談したら、ぽかんとしていたけど。ルイカーを働かせるなんて、考えた事もなかったみたい。でもルイカーは本当に人が好きで、一度相手をすると、何時間でも構ってもらおうとするので、褒美に餌をあげたら、出来るかもと。

それで。試作の船が出来て、いざ働かせてみると。まぁ、優秀。凄いのよ、この子たち。俺、もっと出来るぜ！　見て見て、俺、もっと出来るぜ！　もっと重い物もいけるぜ！　と、終始イケイケなのよ。褒めてご褒美をあげると、張り切っちゃうのね。手綱も嫌がらないし。餌が貰えると分かってからは、手綱を付けろと催促してくる始末。魔物の矜持とかは、ないのね。そうなのね。

そんなノリノリのルイカー船は、荷運びに大活躍だった。まず速い。人の漕ぐ船の、軽く倍は速い。不本意ながら、身を以てその速さを体感したわよ。そして、1回に運べる荷の量が多い。力持ちだからね。

船の改造費は必要になるが、それ以上に漕ぎ手の人的コストが抑えられ、運べる量も増えるから、収益は倍以上。うん、収支を考えても、改造費に掛けた方が、利益が大きい。この段階で、お父様に報告。私の個人資産でテスト改造しようと思ったら、ポンと予算を付けてくださる事に。お父様ったら、太っ腹。決断が早い。さすが、優秀さの塊。

ドレリック様やルータス様を巻き込み、シャンジャの街でルイカー船の実用モデルケーススタート。船の漕ぎ手だった人夫から、多少の反発はあったけど、船の改造やらルイカーの世話やらに人手はいるので、そちらの仕事をしてもらうことで、すぐに収束した。まぁ、荷積みや荷降ろしにはこれまで通り人手が必要だからね。特に失業者も出さずにすんだのは大きい。

そして私がモリーグ村に帰った後も。シャンジャでルイカー船は活躍をし続け。その成果はやがてドヤール領だけでなく、ユルク王国全ての港に広がっていく事になった。

また、ルイカー船に比べれば地味だけど、舟盛り用の器や七輪も港町では流行するようになった。観光に来たお貴族様の間では、少し大きなルイカー船に乗りながら、舟盛りと七輪で海の幸を楽しむのが流行った。私がシャンジャの街の最終日に、ドレリック様にわがままを言って、屋形船よろしく楽しんだのが、まんま流行ってしまったのだ。やるな、ドレリック様。楽しいよね、屋形船。天ぷらも是非やって欲しい。花火も見たーい！

こうして。私には再び、莫大な利益登録のお金と共に、港の女神とかいう、訳の分からない呼び名が付いた事も、一応、報告しておこう。何よ、港の女神って。

CHAPTER

幕間

シャンジャ街の人々

Tensei shimashita, Sarana Kinje desu. Gokigenyou.

船職人ロダス

情けない。これが、街一番の船大工と言われた俺の最後かと思うと、情けなくて涙が出る。

ロダス船工房。10歳で船大工の師匠に弟子入りし、必死に修行をしてようやく持てた、俺の城。

一時期は7人も弟子を抱え、仕事をいくつも抱えていた。腕がいいと評判で、依頼は途切れる事がなかった。女房も貰い、子宝にも恵まれて、俺の生活は順風満帆だった。息子のシュートは、俺の後を継いで立派な船大工になるんだなんて、嬉しい事を言ってくれていた。幸せな毎日だったのに。

最初は、軽い咳から始まった。季節の変わり目で、風邪でもひいたんだろうと、俺は気にもしていなかった。

咳は治まらず、どんどんひどくなり。街の医者に掛かっても、効きもしない薬を出すだけだった。段々と、咳のせいで眠れなくなり、飯が食えなくなり、船大工で鍛えた俺の身体は、みるみるやせ細り、やがて寝付くようになった。寝ていても咳はひっきりなしに出て、体力を奪っていく。ひゅうひゅうと胸が鳴り、息苦しくて身体が思うように動かせない。

そんな状態で、力仕事の船大工が務まるはずも無く。弟子たちだけでは仕事を受けられず。あっという間に俺の工房は潰れてしまった。

仕事も出来ず、役にも立たない俺は、家族のお荷物になった。女房は、朝から晩まで仕事をして、生活費を稼いでくれている。食うのに精一杯で、薬が買えないと泣く女房に、俺は何もしてやれなかった。『絶対に幸せにする』なんて、大口叩いて守れもしない男など、とっとと見限って捨ててしまえばいいのに。自分が情けなくて、情けなくて、俺は家族が寝静まった後、枕に顔を押し当てて、悔し泣きに泣くしか出来なかった。

息子のシュートは、小さい身体で拙いながらも働きだした。港の手伝いをする事で、日銭を稼いでくれている。まだ幼い妹のミリーも、働く女房と兄を助けて、家事を請け負ってくれている。咳込む俺を、女房そっくりの表情と口調で、「大丈夫、大丈夫」と背を撫でる。

家族揃っての夕食の時間。貧乏な俺たちに食べられるのは、小さな鍋に水で嵩ましした薄いスープ。子どもたちは腹が鳴るのを誤魔化しながら、一番大きな椀を俺に差し出してくれる。

なぁ。女神様。貴女に慈悲があるというのなら、俺を貴女の元に連れて行ってくれないか。

俺はこれ以上、俺の大事な家族の負担に、なりたくないんだ。

「ああ、畜生。何をやっていやがるんだ、ロダス」

そう、だみ声で怒鳴ったのは、職人仲間のダッドだった。

薄暗い部屋で寝込んでいる俺の元にずかずかとやってくると、ダッドは薄い布団をひっぺがし、俺を覗き込む。

「馬鹿野郎！　なんでこんなになるまで、連絡一つ寄こさねぇんだ！」

熊みたいな男が突然家の中に入ってきて、大声でがなり立てるものだから、ミリーが泣きながら鍋を武器にダッドに殴り掛かる。

「出て行って！　父ちゃんに何するの！　父ちゃんは病気なの！　父ちゃんに酷い事したら、承知しないから！」

鍋を振り回して泣きながら怒鳴るミリーに、ダッドが眉を下げて両手を上げた。

「おい。ミリー。やめろっ、やめろって。怪我するぞ。ほら、覚えてないのか？　モリーグ村のダッド小父さんだ。お前が赤ん坊の時、抱っこしてやったろう」

赤ん坊の時に抱っこされた相手を覚えているはずないだろうに。ダッドは必死にミリーに訴え掛ける。

「あ。ミリー、やめろ。ダッドさんは怖い顔だけど、悪い人じゃないぞ」

部屋に飛び込んできたシュートがミリーを宥めて、鍋を取り上げた。シュート、後ろを向け。ダッドが余計に落ち込んでいるぞ。こいつ、意外と悪人顔なのを気にしているんだよ。

ダッドがシャンジャに来ている事は、シュートから聞いていたので知っていた。シュートが数日前、お貴族様の専用ビーチにルイカー共々侵入してしまい、何故かお貴族の仕事を手伝う事になり。そのお貴族様に呼ばれ、ダッドはシャンジャにやって来たらしい。シュートの話はよく分からなかったが、ダッドがシャンジャに来たという事は、近い内、ここにも顔を出すだろうと思っていた。ダッドとは長い付き合いだ。もしもあいつが俺と同じような状況になっていたら、俺だってあいつの家に怒鳴り込んでいただろうから。

だが、俺はダッドに助けを求めなかった。無駄だからだ。ダッドは俺と同じ職人で腕は良いが、それでも俺の病気を治す薬を買う金など、作れるはずがない。街の医者が作る安い薬で誤魔化してはいたが、俺の病は魔法薬師が作る薬じゃないと治らないと言われていたからだ。魔法薬師の薬なんて、貧乏な平民が手に入れられるものじゃない。お人好しで阿呆なダッドが無理をして、あいつの家族まで共倒れになるのは、避けたかったのだ。

「こうしちゃいられん！」

ダッドは来た時と同じぐらい騒々しく、家を飛び出していく。

「……お、おい、ダッド」

久しぶりに出た声は、自分でもギョッとするぐらい弱々しかった。次いで、すぐに激しい咳になり、言葉が続かない。

「父ちゃん、起きちゃダメだ！」

シュートに支えられ、俺は布団に戻った。情けねぇ。こんな小柄な息子に助けられるなんて。

「シュ、シュート。ダッドは、どこに……」

高い魔法薬に手を出すなんて、馬鹿な事はしないと思うが。直情的な男だから、絶対とは言い切れない。

「うん、たぶん、サラナ様のところに行ったんだと思う。ルイカーの曳く船は、父ちゃんしか作れないって、ダッドさんは言ってたから」

ルイカーが曳く船？　ルイカーって、あの、ルイカーか？　海のイタズラ坊主と呼ばれる、遊ぶばかりで、害のない魔物。そのルイカーが曳く船だって？

久しぶりに、俺は頭の中で設計図を描き始めた。ルイカーが曳く船か。面白い発想だな。確かにあの魔物は、図体の割には力が強く。人間には害のない魔物だから、上手く躾ければ船ぐらい曳きそうだ。そうすると、ルイカーを繋ぐための工夫が必要になる。船の安定性も確保しなきゃならんし、それから……。

咳込みながら、俺は布団の中で考え続けた。久しぶりに、不安を忘れ、船の構造だけを夢中で考え続けていた。

次の日。ダッドが俺の元に再びやってきたのだが。驚くような客も一緒だった。

「ふむふむ。それじゃぁ、後から薬を助手にもたせるからの」

1人は俺も知っている人だった。街一番の医者であり、魔法薬師だ。ドヤール領どころか、ユルク王国中から、この人に診てもらいたいと患者がやってくるぐらいの有名な医者だ。もちろん、貧乏な平民が診てもらえる人じゃない。

そしてもう1人。すらりとした茶色の髪、茶色の瞳の若い男。地味だが上質な仕立ての服を着て、一目で商人だと分かるのだが。なんとも存在感のある男だ。物腰は柔らかなのに、従わざるを得ない迫力がある。

「わざわざ往診していただいて、ありがとうございます、先生」

「なんのなんの。アルト商会には随分と世話になっているからな。ほれ、あの何とかという化粧水。あれに女房も娘も孫娘も夢中での。品薄でなかなか手に入らんらしいが」

「もちろん、先生のご希望を優先させていただきます」

「ふははは、すまんのう。無理強いしたようで」

医者が帰っていくと、俺の元には若い男とダッドが残った。

「ありがてぇ、アルト会長」

「私は何も。全てサラナ様のご指示ですから」

「まったく、お嬢には頭が上がらないぜ」

「その分、働いて返せと仰るでしょう」

「違ぇねぇや」

和気あいあいと若い男と話すダッドに、俺は恐る恐る話し掛けた。

「おい。ダッド！　あの医者様といい、そちらの方といい、一体、どういうわけなんだ。俺には、あの医者様の薬代なんて、払えないぞ」

「分かってらぁ。お前に薬代なんて払えない事は。俺にだってあんな高い薬、払えねぇよ」

ダッドが両手を上げてガハハと笑う。何を暢気に笑ってやがるんだ、この馬鹿は。まさか俺に借金をさせて、女房と子どもを売り払おうって魂胆じゃないだろうな。

「どこの悪党だよ。そんな事するわけないだろ」

ダッドが俺を睨みつける顔は、悪党そのものだ。顔が怖いからな。

「代金の事は、心配しないでください。お金は貴方たち一家からいただく事はありませんから」

若い男がニコリと微笑む。笑っているが余計に怖ぇよ。なんだよその、商品でも見るような眼は。

お金はって、魂でも売らせるつもりか？

ダッドは俺ににやりと笑った。

「お前も、働いて返せばいいんだよ。ウチのお嬢に、妥協という言葉はねえぞ。覚悟しとけよ」

そこからはあれよあれよという間に、俺の生活は変わっていった。

医者様からのバカ高い魔法薬を飲んで一晩眠ったら、嘘みたいに胸の息苦しさと咳がなくなった。そして、猛烈に腹が空いた。空腹に任せて飯をガツガツ食ったら（生活費まであの若い男から貰っちまった）、寝込んでいたのが嘘みたいに身体の底から力が湧いてきた。急に普通の飯は良くないと言われていたから、パン粥ばっかりだったが、鍋一杯食べても足りねぇ。そういう薬らしい。回復するのに、食べるのが必要なんだそうだ。

そこからはあっという間だ。起き上がれるようになって、ダッドに引きずられて連れて行かれたのは。俺の工房だった。とっくに人手に渡ったはずの工房。それが、手放す前の姿で、看板までそのままだった。『ロダス船工房』。あの看板は、取り外して、家の裏の倉庫に置いていたはずなのに。

「はじめまして、ロダスさん」

工房に待っていたのは、可愛らしい貴族のご令嬢だった。黒い髪、白い肌。毎晩、毎晩、シュートが熱に浮かされたように話すサラナお嬢様。ははぁ。これだけ可愛らしいお嬢様じゃぁ、シュートがああなるのも、無理はない。アイツは色恋よりも、まだ尊敬の念の方が強そうだが。

「お医者様から、お加減の方がだいぶよろしいと聞いて、安心しましたわ。私どもの事業にご協力いただけて、本当に感謝しております」

お嬢様が腰を落とし、スカートを摘んで礼をする。え。俺、平民なんだが。そんなに丁寧に挨拶されて、どう返せばいいなんて、全然知らないぞ。

狼狽えてダッドに助けを求めれば、がっはっはと海賊のような笑い声を上げ、俺の背中をバチンと叩いた。

「お前にお貴族様への挨拶なんて高尚なもん求めてねぇよ。適当に頭下げとけばいいんだよ」

「……ダッドさん。適当にでは困ります」

サラナ様の側に控える若い男、アルト会長が、冷ややかな笑みを浮かべている。ダッドと俺は、思わず一歩退いた。凄いな、この人。サラナ様へ向ける笑みと俺たちに向ける笑みを、器用に使い分けている。

「お仕事に支障のないように、出来るだけ手放した道具や機具を取り戻していますが。既に買手が付いたものはどうしようもなかったので、お弟子さんたちに相談して、似たものを取り寄せております。何か不具合がございましたら、仰ってくださいな」

サラナお嬢様にそう言われ、工房の中を見回せば。いくつか新しい機具に代わっていたが、使い込まれた、馴染みの機具が戻ってきており。どういう事だよ。工房と一緒に、職人の命ともいうこの機具たちは、売り払ったはずなのに。

それに、弟子たちがいた。工房が潰れると分かった時に、あちこちに頭を下げ、別の工房で雇ってもらったはずの弟子たちが。

「師匠っ……！」

「凄ぇっ……！　元気になっている！　本当に治ったんですね」

「また師匠と一緒に働けるなんて、俺、俺！　嬉しいです！」

俺は目が潤むのを感じた。馬鹿な奴らだ。病に倒れた俺のせいで、給料も出せなかったから散々苦労したはずなのに。折角、他の工房で働けたっていうのに。こんな不甲斐ない俺を、まだ師匠と呼んでくれるのか。

畜生。病気をして以来、妙に涙もろくなっちまった。病気ってやつは心を弱らせるんだな。

「お前ぇは昔から、涙もろいじゃないか」

呆れたようにダッドに言われたが、俺は黙殺した。一言多い奴だ。相変わらず。

それにしても。貴族のお嬢様に、これほど目を掛けてもらえるなんて。なにやらお嬢様の道楽のために、俺に船を作って欲しいらしいが、こんな俺でも役に立つなら、精いっぱい務めさせてもらおう。


なぁんて、思っていたあの時の俺を、ぶん殴ってやりたい。

今はもう体力もほぼ元通り、腕の太さも戻ってきたから、思いっ切り目が覚めるぐらい自分の事をぶん殴れるだろうよ。

「エゲツねぇ。サラナ様の求める安全基準。項目が二百以上あるんだが？」

「ふははは。甘ぇぞ、ロダス。それは第1段階だ。これをクリアした後、さらに百ぐらいは、余裕で追加されると思え」

「モノが船だけに、もっと増えるかもしれないな。お嬢は妥協しねぇから。怖いぞー。声を荒らげるわけでも、権力を振りかざすわけでもないんだが、『出来ない理由』を理論的に求められるからなぁ。説明出来なかったら、即却下だ。物腰柔らかでも、アレは夜、夢に見るほど怖いんだよ」

ダッドとボリスが、何故か嬉しそうににやにや笑いながら、俺の肩を叩く。こいつらが嬉しそうなのは多分、同じ仲間《犠牲者》が増えて嬉しいからだろう。

畜生。どこが貴族のお嬢様の道楽だ。

あれは事業だ。シャンジャどころか、ユルク王国にも大きく影響する、一大事業だ。

ルイカー船。

初めはお嬢様の道楽に相応しい、海を楽しむ遊覧船のはずだったが。サラナお嬢様が大型帆船への中継ぎにまで利用しようと言い出してから、事態は一変した。

まずドヤール家から正式に事業認定され、恐ろしい額の予算が付いた。サラナお嬢様が「私の資産を出そうと思ったのに！」と悔やしがっていたが、予算が付いた方が自分の懐を傷めないはずなのに、何故、悔しがるのか理解出来ない。

次に、工房でのルイカー船試作品が出来ると、恐ろしい数の工程で安全基準のチェックが始まった。サラナ様子飼いの職人たちが（ダッドとボリスも含む）、寄ってたかってルイカー船を確認し、改善点を洗い出しやがった。くそう。同じ職人目線だから、こいつらも妥協がねぇ。改善点を一緒に話し合うのが滅茶苦茶楽しい。普通、船大工の技法は外に出さないもんだから、こういう機会は中々ない。目から鱗な技法もあって、ものすごく刺激になる。

それ以上に恐ろしいのがサラナ様だ。全ての報告書に目を通し、職人でもないのに的確な指摘をしてくる。「私、職人ではないので、詳しくはないのですけど」とか言いながら、微に入り細に入り、疑問に思った事は全て確認してくる。職人の勘で、これぐらいで大丈夫、なんて通らねぇ。

「そうですか、それで根拠は」と冷静に問い詰められた時の恐怖って言ったら。熟練の職人だって、裸足で逃げ出したくなる。あの迫力でまだ成人前って本当なのか。本当はどこかの商会の熟練商人じゃねぇのか。

そんな厳しいサラナ様の基準を乗り越え、出来上がったルイカー船。頭が沸騰するんじゃないかってぐらい考えた、船とルイカーを繋ぐ構造は、サラナ様の腹心のルエンにより、利益登録され。恐ろしい事に、その利益の半分は、俺の工房に入るんだとよ。今でも、とんでもねぇ額の報酬を貰っているっていうのに。大丈夫なのかよ、こんなんじゃャドヤール家やシャンジャに利益なんてないんじゃないか。

そうアルト会長に聞いたら、笑われた。なんでも、サラナ様が嘆くぐらい利益を上げているのだとか。なんだよ、嘆くぐらいって。稼げているなら、喜ぶべきじゃないのか？

だが俺は、そんな大金以上の、報酬を貰った。

出来上がった遊覧船型のルイカー船に、女房と娘のミリーを乗せ、息子のシュートの操縦で海を巡った時。

女房はずっと泣きっ放しで、海を見る余裕すらなくて。ミリーはガラス張りの床や壁に、興奮しっ放しで、ずっときゃぁきゃぁと笑っていて。シュートは、いっぱしの男みたいに、キリッとした顔で、ルイカー船を見事に操縦しやがって。

「凄いわ、あなた。なんて素敵な船なの」

「お父ちゃん、凄い！　凄い！　兄ちゃんも凄い！　ルイカー、可愛い！」

俺に嬉しそうに寄り添う女房と、腕にぶら下がるミリー。誇らしげに笑う、シュート。

ああ。良かった。家族の負担になりたくないと、あの時、全てを諦めて、女神様の元に行かないで。

だって。そうだろうよ。女神様の慈悲は、確かに俺の元に注がれたのだから。

優しくておっかない、港の女神様の慈悲が。

シュート

いまだに、夢を見ているみたいだ。

ここ数か月の間に起こった事は、本当に、夢みたいな出来事だった。数か月前の俺に、こんな事が起きるぞ、なんて言っても、絶対に信じないと確信出来るぐらい、奇跡が起こったのだ。

数か月前までの俺は、ちっぽけで何も持っていないガキで。

病気で働けなくなった父ちゃんの代わりに、港で下働きをしていた。同い年の子より身体が小さな俺を雇ってくれるところはどこもなくて、探して頼み込んで、ようやくありついた仕事だった。

「ごほっ、ごほっ」

「父ちゃん、大丈夫？」

肺を悪くした父ちゃんは、すっかりやせ細って、血混じりの苦しそうな咳をする。俺も母ちゃんも妹も、父ちゃんの発作が起こると背中を摩《さす》ってやる事しか出来なくて、悔しかった。父ちゃんの薬は高価で、俺や母ちゃんの稼ぎでは買う事が出来なかった。

国一番の船職人で、丸太みたいなぶっとい腕だった父ちゃんは、あっという間にガリガリになった。大きな工房で、沢山の弟子に囲まれていたのに、その工房も潰れてしまった。

日に日に弱っていく父ちゃんが、いつか病に連れて行かれるんじゃないかと、俺は怖かった。すまない、すまないって、あんなに大きかった父ちゃんが、小さな声で謝るのが、悲しかった。俺は父ちゃんの代わりになるべく、必死に働いて、働いているけど、稼げる金はたかが知れていた。

あの日も、どうしようもない思いばかり抱えて、海辺に立っていた。友だちのルイカーたちが、呑気に遊びに誘ってきていたけど、そんな気になれなくて、ぼんやり海を見ていた。そしたら、ルイカーたちの中でも、特に悪戯好きのチビが、あろう事かお貴族様専用ビーチに入ってしまったのだ。

俺は慌てた。今は夏前だから、お貴族様はまだシャンジャにいらしてはいないだろうけど、お貴族様専用ビーチは、普段から平民が入るのを禁止されている。そんなところに魔物が入り込んだら、あっという間に討伐されてしまう。ルイカーは遊び好きで無害だけど、ルイカーをよく知らない人にしてみれば、他の魔物と一緒に見えるだろう。

「チビ、待て！」

慌てて俺が追いかけると、他のルイカーたちまで、追いかけっこだと思って後を付いてきた。まずい、まずい、どうしよう！　しかも、最悪な事に、お貴族様専用ビーチに、人影があった。お貴族様が、ビーチを利用されている！

俺はあっという間に警備の人に捕まった。どうしよう、どうしよう。殺される。俺が死んだら、ただでさえ稼ぎの少ない俺の家は、一家揃って飢え死にするかもしれない。

そこに、シャンジャ街の代官、ドレリック様がいらっしゃって、お貴族様にとりなしてくださった。街で一番偉いドレリック様が、こんなに頭を下げるだなんて、どれほど偉いお貴族様なんだろう。俺はやっぱり、ここで死ぬのかもしれない。

『小僧』と、背筋が凍るようなおっかない声で呼ばれ、恐る恐る顔を上げれば。そこには、熊のような大男が、ボタボタ水を滴らせて立っていた。その両肩には、凶悪高級魚グロマを2匹も抱えている。

俺は恐ろしさで気が遠くなった。『漁師殺し』と言われるグロマは、海の深い所にしかいない。シャンジャでも、何年かに1回、偶に浅瀬に迷い出たヤツが獲れるぐらいだ。鋭い歯と、頑丈な皮膚を持ち、視界に入ったものを狂ったように攻撃してくる。味は天にも昇るほど美味いらしいが、そもそもそんな凶悪魚を仕留めるなんて、並の漁師では無理だ。だから、滅多に市場には出ない魚なんだけど。そのグロマが2匹、この世の地獄でも味わったような、白目を剝いた苦悶の表情で息絶えている。何があったんだろう。

そんなグロマを抱えたお貴族様に、射殺されそうな恐ろしい眼で睨まれ、叱責されたが、意外にも殴られる事も殺される事もなく、俺は許された。良かった、助かった。俺はまだ生きていられるんだ。安心してへたり込んでいたら、俺の視界に、信じられないぐらい美しい女神が現れた。

「ふふふ。気を付けなくては駄目よ？」

黒く艶々した髪と、海の深いとこみたいな綺麗な青の瞳。白くすべすべの頰に、ピンク色の唇。女神だ。伝説の、海の女神。

夢みたいに綺麗な人に微笑まれて、俺の頭は一瞬で茹で上がったように熱くなった。俺の事を小さいとか男らしくないとか、散々馬鹿にしてきた近所の女の子たちとは全然違う。なんかもう、全然違う。

ぼうっと見惚れていたら、熊みたいなお貴族様に舌打ちされて、すぐに我に返った。恐ろしすぎる。

俺は女神……サラナ様と同じテーブルについて、何故か一緒にお茶をいただいていた。マナーなんか気にしないでいいわよと優しく言われ、花の香りのするお茶と、宝石みたいにキラキラしているお菓子をいただく。凄く高そうな菓子なのに、全く味は分からなかった。

サラナ様は俺が緊張のあまりつっかえながら話す事に熱心に耳を傾けてくれて、時折、質問を挟みながら、夢みたいな時間はすぎて行った。

話の途中で、サラナ様がルイカーに乗りたいと仰った時、俺はサラナ様をルイカーの後ろに乗っけて、海を走り回る事を想像してしまった。やばい、喜ぶサラナ様、絶対可愛い。乗せてあげたい。

だが、熊の貴族様に即却下されて、俺の妄想はすぐに砕け散った。当たり前にダメだった。

それでもサラナ様は諦められないようで、熊の貴族様と何やら交渉していたが、突然、突拍子もない事を言い出した。ルイカーに、船を曳かせるだって？　確かにルイカーは力も強いし、楽しい事大好きだからやってくれそうだけど……。お貴族様のお嬢様が、そんなものに乗りたがるのか？

そう思っていたが、翌日、サラナお嬢様の元には、厳つい顔の男が増えていた。職人のダッドさんとボリスさん。ダッドさんは父さんの知り合いで、何度か会った事がある。

そして、シャンジャの街にも支店を作るって噂の、アルト商会の商会長。近所のちょっと裕福な家の女の子が、アルト商会の何とかっていう化粧品が欲しいって騒いでいた。その、アルト商会だ。

厳つい顔の職人たちとは対照的な、綺麗な顔。

でも、ちっともナヨっぽくなく、迫力のある人だった。そんな王子様みたいな男が、サラナお嬢様を大切な宝物みたいに扱っていて、見ていてこっちが恥ずかしくなった。

そんな、一癖も二癖もありそうな男たちが、サラナお嬢様の忠実な部下みたいに、きびきび指示に従っている。

ダッドさんは、俺の父さんが肺の病気で働けなくなったって聞いて、驚いていた。

「嘘だろう。この国一番の船職人のロダスが、病気だとぅ？」

ダッドさんはすぐに行動を起こした。サラナお嬢様に俺の父さんの事を話すと、またたく間に街一番の医者が呼ばれ、高い魔法薬を準備してくれた。

「こ、こんな高い薬、代金を払うなんて無理ですっ」

値段を聞いて心臓が止まるかと思った。俺たちの生活費の何年分だよ？　貧乏人の俺たちには、どう頑張ったって払えやしない。

「あら。私、船が必要なの。それを作る職人さんを確保するための、必要経費だもの。心配いらないわ」

サラナ様はあっさりそう言って、俺の父さんに薬をくれた。父さんの症状に合わせて調合されたというバカ高い薬は、小瓶の半分ほどの量しかなかったが、あんなに父さんを苦しめた病を、あっさりと消してしまった。

薬を飲んで一晩眠った父さんは、胸の苦しさも咳もなくなり、ここ何年か見た中で一番顔色が良くなっていた。お椀の半分も食えなかった飯をバクバクと何杯もお代わりして、ガーガーと元気なイビキをかいて寝て、みるみる元気になっていった。

「サラナお嬢様！　ありがとうございますっ！」

俺は涙ながらに礼を言ったが、サラナ様は照れくさそうな顔をして、微笑んだ。

「うふふ。お礼は労働で返してもらうわよ」

元気になった父さんは、サラナ様の『ぷろじぇくと』の『せんぞくりーだー』とやらに抜擢された。秘密は洩らさないという魔法契約を結び、ダッドさんとボリスさんと、生き生き楽しそうに船を作っている。俺はルイカーたちの調教（といっても、言う事を聞かせるのは簡単なので、実質はほとんど遊んでいるだけだ）と、船作りを手伝った。底がガラス張りって、サラナ様はなんてすごい事を考えているんだ。これなら、まだ幼い俺の妹も、楽しんで遊べそうだと思った。

実際、船の試乗の『もにたー』とやらで、妹と母さんを船に乗せたら、妹は船底のガラスにずっとへばり付いて、キャーキャー騒いでいた。母さんも、目尻の涙を何度も拭いながら、幸せそうに父さんに寄り添って海底の景色を楽しんでいた。父さんが倒れてから、母さんは愚痴一つ言わず、ずっと働き詰めだった。母さんが幸せそうにしている姿を見ると、俺も嬉しくなった。父さんは、そんな母さんの肩を大事そうに抱いて、誇らしげに笑っていた。

そうしてようやく出来上がった船に、サラナ様と熊、いや、バッシュ様を乗せてルイカー船を走らせた。サラナ様は目をキラキラさせて、凄く楽しそうだった。自分で考えた船なのに、凄いわ！　シュート君凄いわ！　と褒められて、胸が熱くなって、嬉しかった。

でも途中で、バッシュ様にスピードを出せと命じられ、ルイカーたちに全力で泳がせたら、サラナ様の腰が抜けてしまった。涙目のサラナ様、スゲェ可愛かった。やばい、こんな事考えているのがばれたら、バッシュ様に殺される。

そして。サラナ様はやっぱり、只者ではなかった。このルイカー船を、大型船への荷運びに利用しようと考えられたのだ。大型船の事は、港中で問題になっていた。シャンジャの港の拡張工事が終わるまで、どうやって大型船との商売をするのか。港で働く奴らはみんな、この問題に頭を悩ませていたのだ。大型船まで荷を運ぶのに、金と手間が掛かりすぎるのは、子どもでも分かる事だったから。それが、ルイカー船で、問題が解決出来るのだ。

俺たち一家はルイカー船ぷろじぇくとの責任者として、代官邸の敷地内の家に移り住む事になった。いずれは警備のシッカリした家を準備するから、それまでは窮屈だろうが我慢してくれと、ドレリック様に謝られたが、俺たちが住んでいたあばら家の10倍広くて立派な屋敷で、綺麗な花が咲いた広い庭があって、しかも通いのお手伝いさんや護衛までいるのだ。何が窮屈と言うのだろうか。天国みたいだ。俺はそこで、ルイカー船の操縦の仕方を、俺より身体のデカい弟子たちに教える事になった。俺より年上のおっさん弟子ばかりだが、みんな真剣に、俺の事を師匠などと呼ぶ。めちゃくちゃ恥ずかしい。

俺たち貧乏一家が大出世を遂げると、周りの目が変わった。身体も小さく、貧乏だと馬鹿にされていた俺が、皆からちやほやされるようになった。俺を馬鹿にして、悪し様《あざま》に罵っていた街の女の子たちも、俺にすり寄ってきた。

でも俺は騙されない。こいつら、俺たちが困っている時は嗤《わら》っていたような奴らなのだ。

本当に信頼出来るのは、夕食を作りすぎたからとか言って差し入れしてくれた隣のおばちゃんや、余りものだから持って行けとぶっきらぼうに小魚や貝を持たせてくれた港のおっちゃんたちのような人だ。困った時に手を貸してくれるような人こそ、信頼に値するのだと、ボリスさんも言っていた。俺も、仲良くするなら、そんな人たちと仲良くしたい。恩返しをしたい。

いくら貧乏じゃなくなったからって、俺の中身は何も変わっちゃいないんだ。本物を見極めろと、バッシュ様が怖い顔で言っていたのを思い出し、俺たち家族は気を引き締めて、時にはドレリック様に相談しながら、身の丈に合った生活を続けている。

それに俺は、サラナ様の信頼と恩に、絶対に背きたくないのだ。父ちゃんの命を救ってくれて、俺の家族を笑顔にしてくれたあの人に。

「シュート君のおかげよ。あの時、シュート君がルイカーを心配して貴族専用ビーチに入ってきてくれたから、ルイカー船の事を思いつく事が出来たわ」

いつだったか。サラナ様が俺の手を握り、そう言ってくれた。その一言で、俺は自分に誇りを持てた。

サラナ様の手は、小っちゃくて細かった。この小さな手が、俺たちの家族に、なんて大きな変化をもたらしてくれたのだろう。

初めて会った時から、分かってはいたけど。

やっぱりサラナ様は、シャンジャの街に降り立ち、希望をもたらした、港の女神様なのだ。

ドレリック・ボート

人生が一変した。そんな出来事が、私の人生の中で何度かあった。

学園を卒業し、妻と結婚した時。子どもが生まれた時。父から爵位を受け継いだ時。両親を見送った時。息子に爵位を譲って、隠居と呼ばれる身分となった時。

だがそれらの出来事は、予測の範囲内で起こる出来事だった。我がボート子爵家は代々、ドヤール領シャンジャの街の代官を務め、ドヤール領主からの信頼も篤く、この仕事に誇りを持って生きてきた。ドヤール領は東の辺境の地にあり、どちらかと言えば魔物の害も多く、豊かとは言えない領だ。その中でもシャンジャは、ドヤール領一の港街であり、ドヤール領のいわば稼ぎ頭と言われる街という自負もあった。魔物や隣国の防波堤であるドヤール家を、財政面で支えているという誇りを持っていた。

だが。私の人生の中で大きな転機が、シャンジャの街を襲った。それは魔物の害でもなく、自然気象でもなく、時代の変遷、産業の変化という、これまた抗いがたい流れだった。

海の国トリン国で生まれた大型帆船。シャンジャの港に入港出来ない大きさのため、海岸で待機してもらい、荷造りや荷降ろし、人の乗り降りに今までにない手間と時間が掛かってしまう。ドヤール一の大きさを誇るシャンジャの港でもそうなのだ。ドヤール領内だけでなく、ユルク王国の港街は、大きな設備のある港を除いて全て、この問題にぶつかってしまった。大型帆船は積み込める燃料も多く、今までのように中継個所として利用する港も少なくて済む。燃料などの補給場所としても、大きな設備のある港を優先される恐れがあった。

ユルク王国もドヤール領も、港の拡張工事は最優先事項として進めていてくれるが、どんなに早くても数年単位の時間が掛かる事業だ。その間に、大きな港に取引先や顧客を取られてしまう事になる。それだけは、どうしても避けたい。

すでに隠居の身であるが、私は息子や港の主だった者たちと相談し、大型帆船への荷の積み降ろしに掛かる費用などを港で負担する策を領主様へ提出した。費用が掛からなければ、大型帆船も他所より優先してシャンジャへ寄港するはず。港の整備が終わるまでの間、これで凌ぐしかないだろう。

だが、領主様からの返事は良いものではなかった。シャンジャの負担が大きすぎる、港の整備にまで予算をさけなくなるというのがその理由だった。分かっている。この状態が続けば、いずれは立ちいかなくなるだろう。だが、今何の対策も打たなければ、シャンジャが寂れていく一方だ。ボート家の私財を全てなげうってでも、シャンジャを守らなくては。

そんな時、前領主のバッシュ様と、孫娘のサラナ様がシャンジャの視察にいらっしゃる事になった。

前領主とはいえ、バッシュ様は領主の座を離れて長く、今はジーク様に全ての領政を任せていらっしゃる。また、最近ジーク様の補佐を務める、義理の息子であるセルト殿の働きも聞き及んでいたので、バッシュ様は完全に領主の座からは引いており、今回の視察は単純に、サラナ様にシャンジャの街を案内するだけであろうと思っていた。

初めてお会いするサラナ様は、亡くなったバッシュ様の奥方様や、娘のカーナ様の面影を感じられる、とても可愛らしいお嬢様だった。サラナ様は、隣国、ゴルダ王国の第2王子の婚約者であられたが、訳あって婚約は解消に至ったと聞いている。しかし、そのような翳りを全く感じさせない、涼やかな気品に満ちたお方だった。あの苛烈で知られるバッシュ様が、サラナ、サラナと目に入れても痛くないといった様子で可愛がっておられるのも、微笑ましいものだった。

サラナ様は驚いた事に、その嫋やかな外見からは想像出来ないほど、肝の据わった方だった。ご令嬢には敬遠されがちな、港の市場に行きたいと仰ったり、生のお魚を召し上がりたいと仰ったり。私も初めはご令嬢の気まぐれだろうと思っていたが、実際に市場に行き、海の男たちを相手に値切り交渉をするサラナ様を見て、その認識を改めた。ご令嬢というものは、市井の生活とはかけ離れたところで育つものだ。お金の使い方など、知らないのが普通だ。それを、市場の適正な価格を入念に下調べしており、恐ろしい舌鋒であの猛者たちから値切りを勝ち取っていた。イヤイヤ、本当に深窓の令嬢なのだろうか、あの値切り方は、街の食堂の肝っ玉女将のようだ。

また、サラナ様は、ユルク王国の港町が抱える大型帆船問題もご存知だった。お父上であるセルト殿とこの問題については何度も検討しているのだという。何とかシャンジャの負担が少なくなる策はないか探しているが、良い考えが思いつかないのだとしょぼんとされていた。

全く。普通、ご令嬢は政治の話に疎いというか、興味など持たないものだ。さすが、『ドヤールの懐刀』セルト様の娘だ。

そんなサラナ様に、私はついつい弱音を吐いてしまった。これまでドヤール領の稼ぎ頭として貢献してきたシャンジャが、ドヤール領に負担を掛けてしまうことに申し訳なさを感じていると話すと、サラナ様は真摯にこう仰った。

「何を仰います。シャンジャはドヤールの大切な港町。シャンジャがどれほどドヤール領に貢献してくれた事か。シャンジャが困っていれば、ドヤール領の全てでその困難に立ち向かえばよいのです。絶対に、良い策がありますとも」

温かなその言葉の後方に、ご領主様やセルト様たちのお気持ちが見えたような気がして、私は改めて、良き領主に恵まれたのだと、実感した。

そんな問題を抱えつつも、お二方はシャンジャの滞在を楽しまれていた。貴人用の貸し切りビーチでは、ルイカーがビーチ内に侵入するというハプニングにも見舞われたが、寛大な心でお許しくださったし、しかもルイカーを追ってビーチ内に入ってしまった街の子、シュートまで、快よく許してくださったばかりか、騒ぎを起こした街の子に、お茶までご馳走してくださった。サラナ様は平民に対してなんら忌避感がなく、そんな所も尊敬出来るところだ。シュートは船職人の父親が病気のため、まだ子どもだが毎日必死で働いている。たまには美味しいお茶や茶菓子を楽しむぐらい、許されるだろう。

後で何か使用人に食事を作らせ、シュートの家族に持たせてやろうかと考えていると、サラナ様から頼まれ事をされた。モリーグ村への文の使いだ。シャンジャから村まで、馬で2刻ほど。今から出立しても、十分日暮れまでには間に合うだろうと、私は快く引き受けた。

それが、シャンジャの変革の、始まりだった。

翌日。サラナ様の元に、3人の男がはせ参じた。まさに、文字通り、はせ参じたと言ってもいいだろう。

男たちの内2人は、知っている顔だった。ダッドとボリス。モリーグ村の鍛冶職人と細工職人だ。腕のいい職人だが、気難しく、気に入らない客だと怒鳴って追い返すような、偏屈で荒っぽい奴らだ。それが、サラナ様とにこやかに談笑している。

「お嬢。また何を企んでいるんだ。仕様書は出来ているのか」

「まぁ、酷いわ、ダッドさん。企むだなんて人聞きの悪い。これが案です」

「お嬢。また面白そうなもの考えたな。あーあ。またルエンが忙しくなるな」

「あら、ボリスさん。やっぱり、利益登録になるかしら?」

「むしろならない方がおかしいだろうが。なんだ、この、ガラスを魔法で強化して船底に張り付けるってのは。くそっ、死ぬほど面白そうだな！」

そして、もう1人はまだ若い男。優し気な風貌だが、どこか迫力がある。この男にも見覚えがあった。

「サラナ様。すぐに船の利益登録書を準備いたしますが、先に、舟盛用の器と七輪の利益登録をお願いします。それからこちらの、ルータス様との商談がありますので、後ほど、契約書にお目通しをお願いいします。それからこちらの、ルイカーの保護について、ルエン様にお知らせは……」

「ルエンさんには知らせているわ。ルイカーの生態については、シュート君から詳しく聞き取るようにお願いしているの」

「了解しました。では、保護を前提とした、利益登録の準備をいたします」

流れるようにサラナ様といくつかの打ち合わせを終え、ルータスとの交渉を行っているのは、現在、ドヤール領で最も注目されているアルト商会の商会長だった。

気付けば、バッシュ様とサラナ様の気楽な視察旅行は、熱い交渉や討論にすり替わっている。専門的な用語が飛び交い、職人たちや商人との打ち合わせに、サラナ嬢は引っ張りだこだ。

「ふうむ。つまらぬ。またサラナが忙しくなってしまった。仕方ない、ドレリックよ。ワシはまた海で狩りでもしてくる。奴らの世話は頼むぞ」

「はっ？　ちょっと、お待ちくださいませ！　バッシュ様？」

一体、何が起こっているのか。いや、これから、何が起こるのか。何の説明もないまま、前当主であるバッシュ様は、狩りに行ってしまった。無責任だと感じた私は、決して悪くないと思う。

それから約1か月後、私の目の前には、信じられないものが出来上がっていた。ルイカーが曳く遊覧船。通称、ルイカー船だ。小型船の先には、数頭のルイカーが船を曳くための手綱が付けられている。その手綱を握るのは、シュートだ。

いや、サラナ様から薬をいただき、完治した父親のロダスともども、ルイカー船作りに参加しているのは知っていたが、何故シュートが手綱をと、困惑した。ルイカーの扱いに一番慣れているからと言うが、子どもでも大丈夫なのか。

ルイカー船の試乗に大乗り気なバッシュ様と、乗りたくてうずうずしているサラナ様を抑え、私は試乗に名乗りをあげた。すでに職人たちが何度も試乗を繰り返しているとは知っていたが、尊きお方である前領主様とその孫娘様に、万が一の事があっては、ジーク様やセルト様に申し訳が立たない。私は恐る恐る、息子のルータスと共に、ルイカー船に乗り込んだ。

計画の段階から知っていたが、船底の一部は、本当に魔法で強化されたガラス張りになっていた。船底から、シャンジャの透明度の高い海が見え、魚たちが群れを成して泳いでいるのが見えた。

「それでは、出発します」

シュートの緊張した声と共に、船は滑らかに走り出した。ルイカー船には屋根が付いており、強い日差しはさえぎられる。潮風と青い空、そして船底に映し出される彩《いろ》とりどりの景色に、私もルータスも息を呑んで、見惚れる事しか出来なかった。

ルイカーたちはシュートの指示に、まるで従順な馬のように従っている。ぐるりと入り江を一周し、シュートお勧めの海底が美しく見える場所を紹介され、ルイカーたちへの餌付けなども楽しんで、まさに、夢のような時間はあっという間にすぎてしまった。

私たち親子と入れ違いに意気揚々とルイカー船に乗り込んでいったバッシュ様、サラナ様を見送った私たちは、しばらくは夢見心地だった。

「どうでしたか？　旦那様？」

妻に話し掛けられ、私は夢からようやく覚めた気持ちになった。

「凄い。あれは凄いぞ、エレナ。お前もスレリアと一緒に乗ってみるといい。あれは間違いなく、シャンジャの名物となる！　なぁ、ルータス！」

「ええ、父上！　あのガラス張りの船底！　まるでおとぎの国のような景色が広がっておりました！　素晴らしかった！」

興奮冷めやらぬ私たちに、エレナとスレリアは俄然、興味を持ったようだった。直後、爆走するルイカー船から、バッシュ様の大笑いする声が聞こえてきて、心配そうな顔をしていたが、バッシュ様とサラナ様が戻られると、いそいそと2人でルイカー船に乗り込んでいった。

ルイカー船から戻られたバッシュ様に、私は興奮冷めやらぬ気持ちで、ルイカー船の素晴らしさを語った。これが実用化されれば、シャンジャの新たな観光の目玉となる。高貴な方たちのシャンジャへの来訪も、これまで以上に増えるだろう。収益も増えるに違いない。これなら、大型帆船問題による赤字も、少しは解消されるだろう。

だが。バッシュ様は呆れた顔をして、興奮する私に、ルイカー船の大型帆船への汎用を、示唆されたのだ。

天啓を、受けたようだった。シャンジャの、港町の難題。その対抗策に、たしかにルイカー船は有効だ。

「港が出来上がるまでの措置として、ルイカー船は有効でしょう。港が出来上がった後も、観光用の遊覧船、緊急時の移動手段として、利用出来るので、ルイカー船を量産しても、無駄にはならないでしょう」

ルイカー船のスピードにフラフラになったサラナ様が、ソファにぐったりと伏したまま仰った事を、私はまた、夢でも見ているような気持ちで聞いていた。ルイカー船の利用法は、様々ある。私もルータスも、ゴクリと喉を鳴らして、その計り知れぬ可能性と価値に、想いを馳せた。

人生の大きな転機。

シャンジャが陥った危機。それが、私の人生における一番の転機だと思っていた。悪い方へと転がる、転機だと。

だが、それ以上の転機が、私の思わぬ方向からやってきた。

サラナ様と出会えた奇跡。それが、私の人生において、それこそ世界が変わる瞬間に立ち会う、最大の転機だったのだ。

ある護衛と商会員の想い

「残念ながらこちらは、当商会がお売りしたものではございません」

「なんだとっ！　そんなバカなっ！　これは確かに、さる高貴な方を通じて買い求めた品だぞっ！　このような不良品を売り付けておいて、そんな話が通じると思うのかっ！」

激昂した客が、唾を飛ばして怒鳴り散らすが、カイは全く怯える様子はなく、丁寧で物腰柔らかな態度を崩さない。労わるように客を宥める。

「お客様。当商会を通じて売られたものについては、このように……」

カイはアルト商会が正規に取り扱っている卓上ポットを手に取り、魔石装置を取り外して中を見せる。そこには、何桁かの数字が刻印されていた。

「全て製造管理番号を刻印し、商会で番号を控え、万が一の故障や欠陥があった際に迅速な対応が取れるよう、備えております」

「せ、せいぞうかんり？　な、なんだ、こんなものがあるのか？」

客はしっかりと刻印された数字を見て、段々と言葉が尻すぼみになる。先ほどまでの勢いが薄れ、キョロキョロと不安気に目が揺れている。

因みに、数字の最初の2桁は出荷した工房、次の3桁で製品種別、残りの4桁が製品番号だ。この番号で、1つの製品がどこの工房で、どの種目の製品が、誰に出荷されたかを管理している。

「また、我が商会はドヤール家の利益登録品を取り扱っておりますので、ドヤール家関連のお品については、全てこちらの品質管理保証書にドヤール家の紋章が捺《お》されております」

カイが品質管理保証書を見せると、客は俄に元気を取り戻した。

「それなら、ワシも持っているぞっ！　ほら、これを見ろ！」

客が持ち込んだ保証書には、確かにドヤール家の紋章らしき登録紋章が捺されていた。だが。

「はぁ、確かにこの紋章は似ていますが……」

カイは、フルフルと悲し気に首を振る。

「ブレッド様、お願いします」

「おぅ」

カイが控えの間に声を掛けると、野太い声で返事があり、のっそりと大男が部屋に入ってきた。

筋骨隆々の厳つい男の登場に、客の顔が引きつった。

「こちらは、ドヤール辺境伯家の分家ガレー子爵家ご次男の、ブレッド・ガレー様です。商標紋章への魔力付与をしていただいています。ブレッド様、こちらの紋章を」

「あー、紋章は似ているが、ちょっと違うなぁ。それに、そもそもインクがドヤール家の特有魔力を帯びていないじゃないか。偽物だ」

「な、な、そ、そんな、バカな、そんなはずはない！」

「なんだと？　今、何と言った？」

ジロリと、ブレッドは客を睨む。この客は男爵を名乗っていたが、その家名に聞き覚えはなかった。それに、ブレッドは子爵家の一員。客であろうと男爵家の者が無礼な態度を取っていい相手ではない。

「あのなぁ。この印には、俺を含めた数人のドヤール家分家の者が魔力を付与している。ドヤール家の血を引く者の特有魔力だ。それを、この俺が読み違えたと？」

「い、いえ、そ、そうではなく」

「大体なぁ。特有魔力はある程度の鑑定能力がある者が見ればすぐ分かるし、教会に行けば証明をしてくれる。そんな事、常識だろうが。おい、お前はこの魔道具をどこから手に入れた？　偽物をうちの商会に持ち込んで、一体どういうつもりだ」

ブレッドがほんの少し語気を強めただけで、客は陥落した。慌てて荷物を纏めだす。

「わ、私は、少し勘違いをしていたようだ！　こ、この品はこちらの商会で買ったものではなかったようだな！　時間をとらせて、悪かったな！」

浮足立つ客に、ブレッドは睨みを利かせる。

「そうか。アルト商会にはドヤール家の後ろ盾があるということを、忘れないよう、今後は気を付けるといい」

「わ、分かりましたっ」

ブレッドから立ち上る殺気に顔を青くして、客は風のように去っていった。

「お疲れ様でございます、ブレッド様」

「これぐらい、魔物討伐に比べれば全然疲れねぇよ。いい稼ぎにもなるしなぁ」

礼を言われ、ブレッドはきまり悪そうに頬を掻いた。子爵家の次男と言っても、貧乏子爵家だ。こんな風に大きな商会の従業員であるカイに丁寧に扱われると、身の置き所がなくなる。

「しかし、ああいう輩が増えてきたなぁ」

「ええ。しかし、サラナ様が考案なさったインクと紋章、製造管理番号のおかげで、ああいった言い掛かりは撃退出来ますから」

カイが持ち上げたサンプルの品質管理保証書がひらりと翻《ひるがえ》る。ドヤール家の特有魔力が光を反射し、美しい残像が見えた。

「面白れぇ事考えるよ。この製造管理番号も、よく考えられているよなぁ」

「ええ。おかげで各工房の販売数や故障率も把握しやすいので、工房に良い意味で緊張感を持っていただけます」

カイは魔道具に記された製造管理番号を指でなぞり、微笑んだ。製造管理番号によって整理された情報は、アルト商会と契約する全ての工房に共有されている。例えば魔道具の故障しやすい箇所や摩耗の激しい部分などの情報は、1つの製品を通じて報告されれば、それに関連する全ての工房に知らされるのだ。そのために、製品に関する要望は、全てアルト商会が窓口となっていた。

サラナ曰く、苦情や要望の窓口を1つにする事で、全ての情報を一元管理し、何か起これば関連する全ての工房にそのリスクが共有出来る。これが、魔道具の品質保持に繋がるのだとか。もしも各工房で苦情など受け付けるようになれば、特に故障などの情報は秘匿されかねない。工房の職人というのはプライドが高く、不良品など、工房の恥だと思ってしまうのだ。

だが、窓口を1つにする事で、1つの工房のミスではなく、全工房に起こりうる問題だと提示すれば、職人たちは真摯にそれに向き合う。彼らは、品質改良や不良品に関する意欲も、並外れて強いものだ。月に一度、アルト商会と工房の代表者で品質管理のための会合を設けているが、事例と共に問題点を伝えれば、彼らは活発にその改善点などを話し合い、より良いものを作り出そうとする。会合の場で、職人としての彼らの腕を信じ、プライドを傷つけぬように誘導するサラナの手腕は、いつ見ても惚れ惚れするものだった。

「ふっふっふ。そのおかげで、分家で燻《くすぶ》っていた俺たちは仕事を得る事が出来たのだから、有難い事だ」

ブレッドは可笑しそうに魔力を揺らめかせた。

彼のように、分家の2男、3男というのは、基本、後継ぎである長男に比べ、将来に不安を持つものが多い。長男に何かあれば、その代りに家を継ぐ事も出来るが、そんな事は滅多にない。娘ならば、他家との縁繋ぎに嫁入りも出来るが、男なら婿入り先を探すか、実家の仕事を手伝うか、または武功などを立てて自分で爵位を勝ち取るか。それぐらいしか、貴族として残る道はないのである。

幸いブレッドには、頑丈な身体と剣の腕と魔力があるので、一兵士としても十分働ける。だが、強者の集まりであるドヤール領では、突出して強いわけでもない。先の辺境伯のように武功で爵位を貰えるかと言えば、そう甘いものでもないだろう。

そこに、このアルト商会からの仕事だ。急速に取扱いが増えた魔道具の品質管理保証書の作成を

転生しました、サラナ・キンジェです。
～婚約破棄されたので田舎で気ままに暮らしたいと思います～
ごきげんよう。
2
まゆらん
illust. 匈歌ハトリ

初回版限定
封入
購入者特典

特別書き下ろし。

シャンジャでお買い物をいたします、
サラナ・キンジェです。ごきげんよう。

※『転生しました、サラナ・キンジェです。ごきげんよう。② ～婚約破棄されたので田舎で気ままに暮らしたいと思います～』をお読みになったあとにご覧ください。

EARTH STAR
LUNA

シャンジャの市場を買い尽くしてやろうと思います、サラナ・キンジェです。ごきげんよう。

と言うのは冗談ですが、久々のショッピング。浮かれても仕方がないと思うの。

なにせ貴族の令嬢というものは、リボン1つ買うにも、商人を屋敷に呼ばなくてはいけないのだ。夜中にコンビニにフラッと出掛けて、気ままに買い物をした頃が懐かしい。前世と比べてこういう所は不便だわ。

というわけで、久々のお買い物。当然、気合いが入っております。お忍び用の服を着て、いざ、出陣！

「サラナ様。出掛ける前にそれでは、買う前に疲れてしまいますよ？」

案内役として同行してくださったドレリック様には笑われたが、だって、凄く楽しみにしていたのよ。はしゃいでもいいじゃない。

それなのに。私と、ドレリック様、そしてお祖父様の乗った馬車は、なぜか装飾店に着いた。あれ？　市場じゃないの？

なるほど、先に街歩き用のドレスを買うんですね……って、お祖父様ぁ！

「ふむ。あの青のドレスと、そこの赤いヤツと。これは薄紫か？　サラナに似合いそうだ！　よし！　全て買おう！」

お祖父様が次々と指していくドレスは、素敵だけど、嵩張《かさば》るし目立つし、街歩きには絶望的に向いていないわ。このドレスを全部試着していたら、楽しい市場探索がお預けにっ！

「お祖父様っ！　今日買うのは、街歩き用の服を1、2着でしょう？」

「ふんむ？　しかしドレスはいくらあっても困らんだろう。アレもコレも、サラナに似合いそうじゃないか」

確かに、私好みですけど。社交は最小限に止めたい私に、こんなに沢山のドレスは必要ないわ。

「お祖父様。ドレスも素敵ですけど、今日は市場に行きたいのです。ドヤール家が誇るシャンジャの市場に！」

シャンジャの市場の歴史は古く、ユルク王国建国当初から存在している。初代ドヤール家領主が、港と同時に市場も整備したのだ。歴史的価値のある市場！　なんて素敵なの！

きゅるんと、子犬顔でオネダリをしてみる。ぐむっとお祖父様は息を呑み、顔を背けた。失敗？　やっぱりゴリマッチョじゃなきゃ、子犬顔は通用しないの？

「サラナや。そのような可愛い顔を、ワシ以外に見せてはいかんぞ。お前を巡って、男どもが戦になってしまう……」

あ、効いていたわ。でもお祖父様、そんな争いは起こらないと思いますよ。


なんとかドレスの爆買いを回避した私は、ようやく、市場にやって来た。

活気が凄い！　雑多な雰囲気！　所狭しと並んだお魚に、見た事のない果物やお花。南国っぽいトロピカルな色合いねぇ。

「大丈夫ですか、サラナ様。ご気分が悪いようでしたら、無理をなさらず、すぐに馬車にお戻りを……」

感動で動きを止めた私に、ドレリック様が気遣う様に声を掛けてくれるが、百パーセント満喫しているので、お構いなく。

私はいそいそと売り場に行き、威勢よく接客している小父様に声を掛けた。

「こんにちわ！　今の季節のおすすめは何かしら？」

市場では裕福な町娘をあまり見かけないのか、小父様は驚いていたが、話す内に段々と緊張を解いてくれた。

「シャンジャは初めてかい？　今だったら、このタイーにタテホが美味いよ！」

小父様がお勧めしてくれたのは、鯛っぽい魚と、帆立っぽい貝だ。あら、名前も似ているわ。

「まあ！　お魚の目がキラキラしている！　新鮮ね！　貝もずっしりと重いわ！」

「そうだろう？　俺の店以上に良いものを揃えている所はないぞ！」

「ねえ、小父様。これとこれ、これも下さいな。沢山買うから、オマケしてくれると嬉しいわ。そうねぇ、大銅貨7枚ぐらいにならないかしら」

私の大胆な値引き交渉に、小父様はプッと噴き出した。

「いやいやいや、綺麗なお嬢さんの頼みでも、そりゃあ安すぎる。女房に怒鳴られちまう。大銅貨9枚と銅貨7枚！」

「ううーん、予算が足りないのよねぇ。大銅貨8枚？」

「可愛い女房と食べ盛りの子どもが5人もいるんだ、大銅貨9枚と銅貨3枚」

「新鮮な貝にお魚、沢山食べたいわぁ！　大銅貨8枚と銅貨5枚」

小父様と丁々発止とやり合って、大銅貨9枚で決着がついた。くう、手強い。この私に、1割しか値引かせないなんて！

　私と小父様は、お互いにやり切った顔で、交渉成立の握手を交わした。

「……サラナや」

　ぽかんと呆れるお祖父様とドレリック様に、私は我に返った。まずい。いつもの癖で値切っちゃったわ。貴族が民から搾取するなんてダメよね。いくら孫に甘いお祖父様でも、こんな貴族らしからぬ振舞い、お怒りになったはず。

　怒られるのを覚悟して、首を竦めていたら。ふわりと、浮遊感。

「あっはっはっ！　なんと見事な戦いだ！　我が孫娘は、ドヤール家に相応しい、肝の据わった剛の者よ！」

　お祖父様に抱き上げられ、豪快に笑われました。あれ？　怒っていない？　むしろ、上機嫌。

　でも、そのお祖父様の笑い声で、市場のそこかしこで、『ドヤール家？』『前領主様？』と聞こえて来て。お祖父様は許してくださっても、ドヤール家の醜聞になっちゃう。

　あわあわしていたら、お祖父様は先ほどまで私とやり合っていた小父様に、何かを放り投げた。小父様が反射的に受け取って、目を丸くする。

「ぎ、銀貨？」

　キラキラ弧を描いて小父様の手に治まったそれは、銀貨。銀貨1枚は大銅貨10枚分。もちろん私が値切った以上の価値がある。

「店主。とっておけ」

「へ？　い、いや。頂けません」

「良い試合を見せてもらった、その礼だ」

　にやりと、ワイルドな笑顔を浮かべるお祖父様が、粋すぎる。好き。

　呆然とする小父様に、やんやの喝采を上げる周囲。

　迷惑を掛けてしまった事に落ち込んでいる私に、お祖父様は、目を細めた。

「よいよい。このワシが側に居るのだ。お前は思うままに楽しめば、それでよい」

　胸がキュンキュンしました。殺す気か。

　それからも、楽しい市場探索は続き。他の店でも懲りずに値切ったのだけど、お祖父様からチップが飛んでくるので逆に歓迎され、周囲は白熱する舌戦に大盛り上がり。結局、市場中に私たちの身元は知れ渡り、大注目を浴びた。お忍びの意味よ。

　大収穫でご満悦の私とお祖父様に、ドレリック様は何かを諦めた顔をしていた。ごめんなさい。

するために、初めはサラナ自身がインクへ魔力を付与していたが、普通の令嬢並みの魔力量しか持っていないため、早々に倒れてしまったのだ。そこで、サラナを可愛がる先の辺境伯が、暇な分家の2男、3男たちを招集し、インクへの魔力付与を命じたのだ。

その時初めて、ブレッドはサラナとも対面したのだが、彼女はドヤール家の伝説である前当主の寵愛を一身に受ける孫娘だというのに、終始控えめで、分家の末席であるブレッドに対しても、自分の魔力が少ないために迷惑を掛けて申し訳ないと、しきりに謝っていた。

ブレッドのような分家の者にしてみれば、今回の命令を受ける事で本家の覚えも良くなるので実家での立場も見直され、その上、命の危険が少ない割のいい仕事を紹介してもらい、逆に感謝しているぐらいだ。

しかも、忙しくなったサラナのために、前当主から直々に、ブレッドを含めた数人の腕の立つ分家の者が、交代でサラナの護衛をするよう言い渡されたのだ。更なる実入りのいい仕事も貰え、良い事ずくめである。

しかも分家の間では密かに噂が流れていた。前当主は、サラナの結婚相手を分家の信頼出来る者から選ぼうかと考えているとかいないとか。可愛い孫娘を手元から出さなくて済むよう、サラナに婿を取り、ラカロ男爵を継がせようとしているとか。

数々の魔道具や、商品を開発し、いくつもの事業を起こしてドヤール家に恵みをもたらす才女。

性格は穏やかで控えめで優しく、しかし必要のある時は、厳つい職人相手にもズパッと言える、芯の強い女性。まだ成人前だが、容姿も可愛らしく、かと思えばどこか成熟した女性を思わせる色香がある。子どもが出来ないなどという噂もあるが、そんな事は養子を取ればなんの問題にすらならない。

だからブレッドは張り切っていた。与えられた仕事をこなし、護衛として接する時間が増えれば、もしかしてと。将来的な利点抜きにしても、サラナには感謝していたし、尊敬もしているが、万が一にもドヤールの宝を手に入れるチャンスがあるかもしれないのだ。それはもう、真摯にひたむきに頑張ろうという気持ちになるのだ。

今、サラナはシャンジャの街にいる。ブレッドも護衛としての同行を熱望したのだが、同じく同行を希望する他の護衛たちとの勝負に負け、今回は選ばれなかった。こうしている間にも、サラナが他の護衛たちとの仲を深めるのではないかとやきもきするが。今はただ仕事をこなし、どうにかサラナの目に留まるように努力するしかないのだ。


「あーあ。先代様も余計な事をなさる」

静かに仕事に燃えているブレッドを横目に、カイは溜息を吐いた。カイとしては出来ればサラナを娶るのはアルトであって欲しい。これはカイだけでなく、アルト商会、全従業員の願いだ。

急速に成長した商会の会長として、また、貴公子然とした麗しい外見も相まって、アルトはモテまくっている。他の商会のお嬢様や下級貴族のご令嬢たちから、熱烈なアプローチを受け、縁談も降るように舞い込んでいるが、本人はそんな誘いを一顧だにしない。今は仕事に集中したいなどと言い訳していたが、従業員たちにはバレバレである。アルトの心が誰に向いているか。というか、従業員全員が、もどかしい思いをしていた。そんな砂糖を煮込んだような甘い顔をサラナに向けてばかりいないで、さっさと行動を起こせと。

アルトは年の差が、とか身分が、とか色々考えて踏ん切りがつかず、その分こじらせていて愛は重そうだ。でもサラナなら受け入れてくれるだろう。たぶん。だから早く、告白しろ。見ていてイライラする。

従業員たちがこれほど焦るのも、無理はなかった。アルトには強力なライバルが多いのだ。ブレッドのような分家の者たちもそうだが、優秀なルエンもそうだし。そして、たぶん一番の強敵は王弟殿下だ。モリーグ村の視察の間中、ずっとサラナを視察の案内役に引っ張り出そうと、辺境伯たちに交渉していた。サラナの父、セルトが完璧に説明をしているにも関わらず、開発者であるサラナの意見も聞きたいとか、あれこれと理由を付けてだ。

しかし、かつてはキンジェ領の切れ者領主、現在はドヤール領の懐刀と言われるセルトはすごかった。笑んだまま、やんわりと要望を逸らし、巧みな話術であの王弟殿下をあしらっていた。社交が苦手だと聞いていたが、あれが苦手というレベルなのだろうか。かつての上司の鮮やかな手腕に、カイは惚れ惚れし、その交渉術を貪欲に学んだ。

多分だが、サラナの夫となる者は、サラナが心から好いた者が選ばれるのではないだろうか。サラナ自身も人を見る目は厳しいし、あの先代様の事だ。サラナが是と言わない限り、どんな圧力にも、例えば王家からの圧力だったとしても、力技で押し返してしまうだろう。つまり、サラナの心を射止める者が、宝を手にする事が出来るのだろう。

カイは密かに決意した。サラナの好みの男に、アルトを仕立て上げようと。それが、アルト商会をさらに発展させる事になる。あんな宝を手中に出来れば、アルト商会は安泰どころの話じゃない。ユルク王国一の、いや、他国にも名を轟《とどろ》かす、大商会になれる。アルトの恋も成就し、焦れったい思いをしている商会員も喜ぶ。良い事ずくめではないか。

「会長、死ぬ気で頑張ってもらいますよ」

目を細め、あれこれと策を考えるカイ。その表情は、獲物を狙う肉食獣のようだった。

その頃のアルトは、ぞくりとした寒気を感じていたが、理由が分からずに首を傾げていた。

アルト・サースの決意

「アルト会長。お嬢がまた何かやろうとしてるぞ」

ダッドさんの言葉に、私はすぐに席を立った。旅支度は終わっているし、シャンジャはドヤール領最大の港町だ。何か足りなければ、現地調達も可能だろう。懇意の商人を通して、宿の手配も出来ている。

「では行きましょうか」

そうダッドさんに答えると、彼はニヤリと口元を緩めた。

「セルト様から、後からルエンをシャンジャに向かわせるとの伝言だ。お嬢をよろしく、とよ」

いかにもセルト様らしい台詞に、私も笑みがこぼれた。初めて会った時からそうだったが、あの方はサラナ様に対して信頼が厚く、良い意味で放任主義だ。

『サラナならば大丈夫』というのはセルト様の口癖だが、そうは言いながら、いつだって万全のフォローが出来るように体制を整えている。サラナ様の思うように動けるよう、必要であれば領主代理の権限で、関係各所に圧を掛けるぐらいはやりかねない。先の先を読むのに長けた、非常に優秀な人なのだが、大変な親バカであるともいえる。

思い返せば、初めてキンジェ父娘に対面した時も、衝撃的だった。商業ギルドで見つけた、1つの利益登録。パトロンの眼を惹くために宣伝文句に溢れた他の商品とは一線を画すような、端的で事務的な登録内容だったが、恐ろしいぐらいの可能性を秘めていた。それに目を付けたのは、自分だけではない。大手の名のある商会や、目端の利く商会はこぞって、その利益登録の可能性に注目していた。並みいるライバルの手強さに、ウチのような新参の小さな商会など、どうせダメだろうと思って面会を申し込んだが、あっさりと、面談の許可は下りたのだった。

初めての顔合わせの日。なぜか相手はまだ未成年であろう令嬢を連れていた。挨拶を交わし、いくつかの質問を受けた後。セルト様とサラナ様は頷き合って、あっさりとウチの商会を選んでくれた。まさかと思い、困惑したままの私と、ニコニコ顔のサラナ様を残して、セルト様はあっさりと「私は仕事があるので、後はサラナと話してくれ」と、退席してしまった。困惑はますます深まった。

よくよく利益登録の内容を確認してみれば、登録者の名前はサラナ・キンジェ。サラナお嬢様その人だった。サラナ様をぽかんと見つめてしまった私は、さぞかし滑稽だったろうと、今なら思う。

それぐらい、意表をついたものだった。

サラナ様は年齢にそぐわず、大変しっかりした女性だった。ウチの商会を選んだ理由も、商会自体がまだ小規模なのでサラナ様の意向を汲み、柔軟な対応が出来そうだからという、13歳の令嬢から出た言葉とは思えぬものだった。しかも、私に向かって、「アルト会長は信頼に足る方だとお見受けしました」と微笑まれたのだ。そんな事を言われ、単純な私は、俄然、やる気になった。

「私、アルト商会しか、頼れる商会がありませんの」

そうサラナ様に言われると、どんなに忙しくとも、徹夜が続こうとも、頑張らなくてはという気持ちになる。しかも商売の規模が大きくなるにつれ、有能な人材を紹介してくれ、こちらの負担を減らそうと心を砕いてくださるのだ。だから、ギリギリ頑張れている。なんとなく、サラナ様の掌でコロコロと転がされている感はあるが、それを楽しく幸せだと思ってしまうのだから、仕方がないのだろう。

サラナ様のおかげで、我がアルト商会は順調に大きくなりつつある。商会自体はまだ王都とモリーグ村に2店舗あるのみだが、提携の工房、町工場などとの繋がりも太く、売上は去年とは比較にならないほどだ。サラナ様の考案した商品管理の方法も、貴族の皆様には受けが良く、顧客は増える一方だ。

商会に入ってまだ日が浅いが、サラナ様からご紹介いただいたカイ、ギャレット、ビンスは、私の商会にとって、既になくてはならない存在になっている。

その部下たちから、そろそろシャンジャと、もう1か所、ドヤールとは反対側の西側のどこかに、支店を置くべきだと言われている。魔道具しかり、美容品しかり、ドヤール領以外からの注文も殺到しており、王都の本店とモリーグ村の支店だけでは、とても捌ききれないらしい。支店に必要な人材は、カイ、ギャレット、ビンスの学友に心当たりがあり、資金力も十分。ならばと、手始めにシャンジャに支店を増やそうかと、考えていたのだが。

「サラナ様が、シャンジャで何かやらかしそうだ」

そう、カイ、ギャレット、ビンスに告げると、３人は揃って顔つきを変えた。

「早く行ってください、会長。前に面談した、新規従業員を前倒しで雇用します」

「絶対に乗り遅れないでくださいよ。西側の店舗探し、急がせます」

「僕はシャンジャに同行します。シャンジャ支店の準備はお任せください。会長はサラナ様を優先でお願いします」

カイ、ギャレット、ビンスは何の打ち合わせもなく、テキパキと動き始めた。

「セルト様が最大の懸案事項として挙げていた、大型船問題に絡むかもしれないな」

そう呟けば、カイ、ギャレット、ビンスは心得ているというように頷く。ウチの商会でも何度となく検討しているが、なんら解決策がなかった問題だ。

「たとえそうでなくとも、あのサラナ様です。また何か、突拍子もない事を思いついているに違いない。行かないという選択肢はないですよ」

カイの確信に満ちた言葉。そうだろうな、と私も思っていたら。

「誠心誠意尽くして、今度こそ、サラナ様の御心を射止めてください」

るんだ。

「ぶはっ」

そう続けられたカイの言葉に、私は空気を呑み損ねて、盛大にせき込んだ。な、な、何を言ってるんだ。

「そろそろ会長には本腰を入れてもらわないと」

「サラナ様のお相手候補は増える一方ですよ」

「幸い、ドヤール家の覚えはめでたいんです。一歩リードはしてますって」

「ちょっと待て。何を言ってるんだ！」

顔が熱い。見えないが、たぶん、真っ赤になっているのだろう。なんなんだ、何を言い出すんだ。

そんな私に、３人の目は冷ややかだ。

「いやいや。何、思いがけないこと言われたみたいな顔しているんですか。会長のサラナ様を見つめる目。完全に恋する男ですよ？」

「俺たちどころか、従業員全員、知ってますって」

「何としても頑張ってもらわないと。サラナ様が会長の奥様になれば、アルト商会は向かう所敵なし。世界一の商会になるのも、夢ではありません」

「な、なにを。私とサラナ様では、ご身分が違いすぎるっ」

私がサラナ様に好意を抱いている事は、否定しない。従業員全員にバレているのは、心底驚いたが。だが、相手は王子の元婚約者だぞ。貧乏男爵家出身の私とは、釣り合わない。

「何仰ってるんですか。サラナ様は一度平民になられて、現在は男爵家のご令嬢。男爵家の５男であるアルト会長なら。釣り合いはばっちりです」

「というか。多分、先代様も、辺境伯様も、セルト様も、サラナ様のお相手の身分については、こだわらないと思います。サラナ様がお好きになった方と添う事をお許しになると思いますよ」

「前の方がアレですからね。身分よりも実の方を重視なさると思います」

サラナ様の前の婚約者は、隣国の第2王子だ。何でも、真実の愛とやらで平民の聖女を選ばれ、完璧な淑女と言われたサラナ様との婚約を破棄した。身分は高いが見る目はない。なるほど。

「だが、私とは、その、年齢も離れているし」

「10歳差ぐらい、大した年齢差じゃないですよ。貴族ならば普通ですし、平民だってそれぐらい、気にしませんよ」

それは、そうかもしれないが。だが。

「会長は、サラナ様の事、お好きではないんですか。他の男に、渡してもいいと思っていらっしゃる？」

ビンスにそう問われ、私は反射的に首を振った。

「なら、せめて努力はしましょうよ。サラナ様が誰かと添われるのを、初めから諦めて見守りたいなら止めませんが」

「それは……」

もしもサラナ様に、すでにお心に決めた人がいるのなら。私の恋心など、邪魔なだけだ。潔く諦めただろう。だがそれが決まっていないのならば。

「諦めたくはない……」

私の呟きを聞いて、カイ、ギャレット、ビンスはニヤリと笑った。

「そう来なくっちゃ。いいですか、会長。まずは仕事8、プライベート2の割合で会話を心がけましょう。いきなりがつがつ行くと、これまで築いた信頼がパーですよ。がっついちゃダメです」

「今のところ、最有力のライバルは王弟殿下ですが、サラナ様のお誕生会でドヤール家の、特に女性陣の信頼が失墜しています。今がチャンスです。サラナ様攻略のカギはドヤール家の懐柔ですので、そちらもぬかりなく進めていきましょう」

「ダークホースのルエンさんには気を付けてください。サラナ様を恋愛対象というよりは崇拝しているので、恋愛に転換しにくいと思いますが、あの人の有能さに目を付けたセルト様が、婿にと考えるかもしれません。あと、分家筋の護衛たちにも要注意です。奴ら、ドヤール家の姫様にがつがつ行く可能性がありますからね。牽制をお忘れなく」

仕事の時のように発揮される、部下たちの有能さに、私は目を見張った。

口角が、知らず知らずのうちに上がる。

「さすが優秀な部下たちです。ですが、女性の口説き方は、自分で考えますよ。そうでなければ、私はあの人の隣に立つ事など、出来やしない」

私の力だけで。振り向いて欲しい。私の方へ。

カイ、ギャレット、ビンスは、口をつぐんだ。そうして、ニッと笑う。

「さすが私たちの会長。言いますね」

「それでは、お手並み拝見します」

「玉砕した時は、骨は拾いますので。ご存分にどうぞ」

頼りになる、頼もしい部下たちだ。……全く。

そうして。シャンジャでお会いしたサラナ様は、こちらの予想を遥かに超えた事を思いついていらっしゃった。

ダッドさんとボリスさんに既に作らせていたという舟盛の器や七輪の販売を請け負い、ルイカー船の製造と改造については、地元の船職人との連携や取りまとめの仕事を担った。

どこの街でもそうだが、シャンジャの街の船職人たちも、自分たちの工房だけで全てが完結するやり方で船を作っていた。商会が間に入る受注生産に慣れておらず、反発もあったが、魔道具作りや布団作りで活かした職人を説得するノウハウが蓄積されていたおかげで、以前よりもスムーズに説得を受け入れてもらった。

大量に同型の船を作るには、工房ごとの特色を活かした船作りよりも、平準化された能力が必要になってくるのだ。決まったノルマをこなすだけの仕事は、職人の腕を低下させる恐れがあるが、それを仕事の一部と受け入れ、弟子や見習いの仕事に組み入れる事で、収入が安定する。一匹オオカミのような、親方の技量だけに頼る現在の工房制度は、親方が怪我や病気になると、たちまち仕事が無くなり困窮する。そういった安定収入を得られる仕事も受けておくのが、いざという時の保険代わりになるというのが、サラナ様の考えだ。

実際、国一番の船職人のロダスも、病のせいで工房を手放していた。妻とまだ10歳の長男の稼ぎだけでは、ロダスの病を治す薬は手に入れられず、彼らは一気に困窮した。ロダスは腕一本で仕事をしていく事の脆《もろ》さを痛感していたので、こちらの職人を説得する助力をしてくれた。ありがたい事だ。彼の病を治す魔法薬を惜しげもなく買うと判断したサラナ様のご慧眼は、いつもの事ながら素晴らしい。ロダスが職人たちを説得する事まで、見越していたのではないかと思う。

まあ、サラナ様は隠しているつもりかもしれないが、優しく情に厚いので、健気に頑張る少年の父を、見返りがなくても助けていただろう。そして『ちゃんと働いて返してもらうつもりですっ！』と、冷静な為政者のフリをするのだ。本当に可愛らしい。

そんな素晴らしいサラナ様だが。私たちがシャンジャにやって来た時の、驚きながらも、ほっとしたような顔が、頭から離れない。

「私、アルト商会しか、頼れる商会がありませんの」

いつものように、そう仰るサラナ様に、自然と胸に、ある願いが沸き起こった。

いつか、商会だけでなく。

私自身しか、頼れる人がいないのだと、サラナ様に、言ってもらえないだろうか。

『アルトしか、頼れる人はいない』と。

それぐらい、サラナ様の中で、自分の存在が大きくなってくれればと。

そんな願いが、心の中に沸き起こったのだ。

CHAPTER

第2章

王都に参ります、
サラナ・キンジェです。ごきげんよう。

Tensei shimashita, Sarana Kinje desu.
Gokigenyou.

楽しいバカンス（後半仕事）を終え、モリーグ村に帰ってきました、サラナ・キンジェです、ごきげんよう。

モリーグ村に帰った私を、お父様と伯父様が微妙な笑顔で迎えてくださいました。何も言わないでくださいませ。視察旅行とは名ばかりのバカンスに行ったはずなのに、結局、仕事したんだー、と言いたげな顔をなさっていますけど、何も言わないでくださいませ。私も、自分で何やってるのかしら、と思っていますから。

シャンジャの滞在が延びると報告した時、伯父様に散々泣きつかれました。王宮へ提出する報告物が終わったら、私たちに合流してシャンジャ旅行を楽しむつもりだったのに、ルイカー船のおかげで報告物の修正と追加の報告が必要になって、それどころじゃなくなったと。俺も豪華舟盛りと海鮮焼きと遊覧船で遊びたかったと。

まぁ。伯母様とお母様は領主夫人とその補佐として、視察にいらしていましたよ。え？　護衛として一緒に行こうとしたら、お父様に止められた？　でしょうねぇ。伯母様たちの護衛は、お父様が完璧に手配していましたもの。

それでも、伯父様とお父様には、シャンジャの難題を解決に導いたと、大層褒めていただきました。試算した費用の大部分を抑えられたと、ホクホク顔のお父様。眉間に出来ていた深いしわが改善されて、私も嬉しいわ。

伯母様とお母様は、夏になったらもう一度シャンジャに行きましょうと、キャッキャッと楽しそうにしていました。遊覧船が気に入ったご様子。楽しいですよね。お祖父様が同乗していなければ。

同乗するともれなくボートレースになります。お気を付けくださいませ。

ヒューお兄様やマーズお兄様からは、学園からお手紙をいただきました。俺たちもルイカー船でボートレースをしたいという趣旨の。なにか盛大な行き違いがあるようですわ。あくまで遊覧船なのに、お兄様方には何か違う情報が届いているようだわ。

でも、ルイカー船レースも、今後シャンジャの名物にならないかしら。ドレリック様にお手紙を書いてみましょう、そうしましょう。

シャンジャには思った以上に長い滞在になり、モリーグ村に戻った途端、報告書の山に埋もれた私。皆様、私がいなくても恙《つつが》なくお仕事をしてくださったのね、ということがよく分かる書類の量でした。うふふ、皆、優秀だわ。

そうやって私が書類の山相手に格闘していると、私のお部屋を訪ねて来たお父様。

あら？　眉間の深いしわが、復活しているわ。どうなさったのかしら。

「サラナ。ちょっとやりすぎてしまったようだね」

そう、溜息交じりに仰ったお父様の手には。どこかで見たような王家の紋様が印された封筒が。

まあ。嫌な予感。お父様の眉間に、あんなに深いしわを刻ませるお手紙なんて、嫌な予感しかしませんわ。

「ユルク王国から、陛下への謁見の栄を賜ったようだね」

あらー。予感が的中。嬉しくないっ。

「遅かれ早かれ、来るとは思っていたけどね。今回のルイカー船がとどめだった。サラナと直接、話をしてみたいと、陛下がお望みのようだ。行くかい？」

「お父様。それ、行かないという選択肢はありませんわよね？」

「まぁ。旅疲れで体調が思わしくないとか言えば、何とか回避は出来るかもしれないけどね。そうなったら、トーリ殿下が押しかけてくるかもしれないよ」

お父様の口から、王弟殿下の名前が出て、私の気持ちはズンと暗くなった。嫌だわー。会いたくないわぁ。

いまだに引きずっているなんて、私も大概しつこいとは思うのだけど。なんだか、王弟殿下と聞くと、条件反射で身構えてしまうのよねー。もう無駄に傷つきたくないという、防御反応が働くのよー。

「どうしても行きたくないと言うのなら、私も考えよう」

お父様が、優しい眼でそう仰ってくださるけど。自分で招いた事ですもの、自分で解決したいわ。

「行きますわ。陛下に謁見なんて、光栄な事ですもの」

「ふふふ。サラナ。もう少し、嬉しそうに言いなさい」

「お父様こそ。娘が陛下に謁見出来るのですよ。光栄な事だと、胸を躍らせてくださいませ」

お父様は笑い声をあげると、私の額にそっと口づけた。

「誰に褒められてもそうでなくても、私の娘は最高に素晴らしいからね。私はいつだって、君という存在に胸を躍らせているのさ」

まぁ。お父様ったら。嬉しいやら、面映ゆいやら。顔が緩んでしまうから、甘やかすのはやめてくださいませ。

「……ああ。サラナ。そんな可愛い顔、絶対に外で見せてはいけないからね。はぁぁ。私が付いて行くのは決定事項としても、義父上か、義兄上か、物理的な抑止力として、どちらかにも付いて来ていただかなくては。あぁ。どちらも絶対自分が行くと、譲らないだろうなぁ」

また庭で決闘して、義姉上を怒らせてしまうと、お父様はぶつぶつぼやいていらっしゃったが、私は緩んだ顔を元に戻そうと、一生懸命ムニムニと顔をもんでいたので、その呟きは耳に入っていなかった。


謁見と言えばドレスね！　という伯母様の一声で、私の部屋はドレスの見本市みたいになりました。今回は時間もないので、オートクチュールというわけにもいかず、既製品で済ませる事に。

アルト商会から、これでもかという量の様々なドレスが届いております。届けてくださったのはアルト会長自ら。サラナ様に似合いそうなドレスを選んでいたら、この量になりましたと、なんだか甘さを含んだ声で仰っていましたけど。いくらなんでも多すぎです。

「まぁまぁ。でも、どれも素敵ね。目移りしちゃうわ。さすが、アルト会長ね。流行を押さえつつ、サラナに似合いそうな品ばかり」

「ほんとねぇ。ちなみに、アルト会長はどのドレスが一番お勧めなのかしら？」

伯母様とお母様がキャッキャしながらそう訊ねると、アルト会長はじっと私を見た後、ふっと微笑む。ドキッとしたわ。まぁ。優し気なイケメンの微笑み。なんて破壊力があるのでしょう。

「こちらのドレスが……。サラナ様にはお似合いになるかと」

アルト会長が示したのは、淡い、ピンク色のふわふわしたドレスだった。まぁ。

「あら。このドレス？　サラナはあまり着た事がない色ね」

「そうねぇ。サラナはどちらかと言うと、寒色系のドレスを好むから。どうかしらね？」

伯母様とお母様に凝視され、私はちょっと怯んでしまった。そうねぇ。私にはちょっと可愛すぎないかしら。どちらかというと、私、可愛い系より綺麗系のドレスを選びがちなのよね。

「そうですね。サラナ様がいつもお召しになっているものとは、いささか傾向が違いますが。お似合いになると思います」

ニッコリ。だから、イケメンのニッコリには破壊力があるのですよ。もはや凶器だわ。そんな綺麗な顔で微笑まないで、アルト会長。

勧められるまま、ドレスを着てみたのだけど。

あら？　自画自賛じゃないけど、なんだか、凄く……。似合っているように見えるわ。

前の世では14歳なんてまだまだ子どもだったけど、こちらでは15歳で成人し、学園在学中の15歳から18歳で結婚する人もいる。日本人に比べて大人っぽいし、身体の発育が良いのよね。私も王子妃としての体面のため、美容や健康には気を遣っていたから、なかなかのメリハリボディなのだが、その魅惑のボディラインを、可愛らしくなりすぎず、蠱惑《こわく》的に包んでいる。色味的にも可愛い系なのに、不思議。

「まぁぁー？　サラナ！　可愛い！　可愛いわ！　なんだか、小悪魔的な魅力があるわ！」

「本当だわ！　すごく似合っているわ！　可愛い！　可愛いわよ！」

試着したドレスを見せると、伯母様とお母様の興奮が最高潮に達した。え、そんなに？　そんなに興奮する事ですか？

アルト会長に見せてみると。じっと見つめられた後、ふっと目を逸らされて、手で口元を押さえながら、「……お似合いです」と呟かれた。目元が朱に染まって、なんとも色っぽい。どうしちゃったの？　そんな反応されると、なんだか背中がムズムズするじゃない。こっちの方が恥ずかしくなるわよ！

「やはり、その色も大変お似合いになります。……ですが、失敗だったかもしれません。誰の目にも、映したくなくなりました」

吐息交じりに一段低い声でそんな事を言われ、私の頭の中は一瞬で茹で上がった。

怖っ。商人のリップサービス、怖っ。そういう事じゃないと分かっていても、勘違いしそう。

「あ、あら、まぁ。アルト会長は、誉め言葉もお上手なのね。でも少し、その、行きすぎではなくて？　恥ずかしいわ」

ドレスを買ってくれるご令嬢全てに、そんな殺し文句を言っているとしたら。なんだか、アルト会長を見る目が変わっちゃうというか。そちらの方面もプロフェッショナルなのね。

「こんな事、サラナ様にしか申し上げませんよ」

蕩《とろ》けるような笑みを浮かべてそんな事を仰っているけど。商売人って、罪作りねぇ。

それにしても本当に、素敵なドレスだわ。こんな風に新たに自分に似合うドレスに出会えるなん

て、ワクワクして凄く嬉しいけど。これが謁見のためでなければ、もっと楽しかったのに。

思わず溜息がこぼれそうになるのを、ぐっとこらえて呑み込んだ。一応ね。名誉な事ではあるんだけど。生国では、王家に対して全く良い思い出がないし。それに、陛下と言えば、あの方のお兄様でしょ。それも気を重くしている原因よね。はぁ。行きたくなーい。

せっかく素敵なドレスを身に着けているというのに、鏡の中の私は、なんだか不安そうな顔をしていた。

「サラナ様。王都には私もお供いたします」

「え？」

アルト会長の突然の宣言に、私は目を丸くする。

「私でも、多少はお役に立てるやもしれません」

「でも、アルト会長。お忙しいのに……」

ええ。アルト会長がお忙しいのは、主に私のせいですが。ルイカー船について、シャンジャだけでなく、他の港街からの問い合わせも増えているという。いつもの事だが、アルト商会はてんてこ舞いの忙しさのはずだ。

「ええ、ですが。サラナ様が頼りにしている商会は、我がアルト商会しかないのでしょう？」

茶目っ気たっぷりに、アルト会長が片目をつぶる。

「そのご期待に添うためにも、貴女の側を、離れるわけにはいきませんから」

冗談交じりの言葉の裏に、アルト会長の気遣いと心配が透けて見えるようだった。

気付けば、私はほっと、身体の力が抜けている事を感じた。

謁見の知らせを受けてから、知らず知らずのうちに、緊張で身体が強張っていたようだ。

「……そうね。アルト会長が一緒なら、いつでもどうにかなったもの」

走馬灯のように、自分にもアルト会長にも無茶振りをしまくっていた過去が思い出されたわ。本当にごめんなさい、アルト会長。よく乗り越えてきたわね、私たち。この国に来たばかりの、呑気なスローライフだわーとかほざいてた頃に戻りたいわ。

まぁ……。皆に助かった、便利になったって喜ばれるから、戻りはしないのだけど。

「私が頼れるのは、アルト商会だけですものね。本当はちょっと、心細かったのよ。付いてきてくださったら、嬉しいわ」

私の弱音に、アルト会長は目を細め、大きく頷いた。

そんな私たちの背後で、意味ありげに目配せをしている伯母様とお母様には、全く気付いていなかった。

ドヤール家とルエン

サラナ様の陛下との謁見が決まった。

その知らせを受け、私、ルエンは来るべきものが来た、と思った。思っていた以上に、早かったな。

私の主人、サラナ・キンジェ・ラカロは、天才にして慈悲に溢れた、完璧な主人だ。彼女に出会えた人生を、私は神に感謝し、引き合わせてくれた元同僚に感謝している。

ちなみに元同僚は、ドヤール家の侍女と運命の出会いをし、彼女と結婚してモリーグ村に居を構えている。ここでの仕事が終われば王都に戻る身だが、その時は妻も王都に一緒に付いていくのが決まっているようで、彼らはとても幸せそうだ。

サラナ様はまだ14歳とお若くていらっしゃるが、大変聡明で、思慮深い方だ。貴族でありながら、平民に対してなんら忌避感もなく、私を重用してくださる。サラナ様の父親であるセルト様も同じような考え方で、恐れ多くもドヤール領の仕事を手伝わせていただく時は、こちらが戸惑うぐらい丁寧に接してくださるのだ。

私は、元は王宮の文官として働いていた。そこで出会った身分は高いが仕事が出来ない上司、同僚に比べて、雲泥の差だ。いや、私に仕事を押し付けていたくせに、仕事の邪魔をし、私の頭に熱いコーヒーをぶちまけるのが楽しみだった上司たちに比べたら、人間と魔物ぐらいの差がある。あぁ。魔物に失礼だったか。

そんな私だが、今はサラナ様の部下のような、秘書のような立場で仕事をさせていただいている。有難くもドヤール家の皆様にも信頼していただき、充実した毎日を送っているのだが。

「ルエン。君の率直な意見を聞かせて欲しい。サラナの婿には、誰が相応しいと思うかね」

信頼していただくのは有難いのだが、そんな相談をセルト様にされてしまい、正直、困った。

「は？　え？　サラナ様の、婿、でございますか？」

ドヤール家の前当主様であるバッシュ様、現当主であるジーク様、奥様のミシェル様、そしてサラナ様のご両親であるセルト様、カーナ様。ドヤール家の中枢人物が勢揃いの場に呼び出され、私は一体、何を聞かれているのだろうか。

「君には、ほら。将来を約束した女性がいるから。忌憚《きたん》なき意見が聞けると思ってね」

確かに、私には将来を誓い合った人がいる。同じ村出身で、王都でお針子として働いているが、田舎の出のせいか、同じ職場の仲間から馬鹿にされて辛そうなので、近くセルト様やサラナ様に相談し、こちらに呼び寄せようと思っていたのだが。だが彼女の事は、誰にも言ってないはずだ。なぜ相談する前から、彼女の事がすでに知られているのだろうか……。

「ああ。彼女はすでにモリーグ村の孤児院でお針子の指導員として働いてもらえるよう、了承は得ているよ。勤めている工房の放蕩息子に言い寄られていて、身の危険を感じていたようなのでね」

放蕩息子の話は初めて聞いた。だからなぜ、セルト様はご存知なのだ。

「私はサラナから話を聞いただけだよ。君の恋人は、忙しい君に負担を掛けてしまうと、なかなか相談出来なかったようだねぇ、可哀想に。君を忙しくさせてしまったのは我々だ。責任を感じるよ」

「そ、そんな事は……」

だから、サラナ様はなぜ、私の恋人の事情をご存知なのだろうか。私ですら、知らなかった事まで。

「まあ、彼女が来たら、大事にしてやりなさい。もう明後日には、こっちに引っ越してくる予定だったはずだから」

随分と急な話だ。この面談が終わった後に、彼女とすぐに連絡を取ろうと、私は心に誓った。

私は自分の思考を一旦、恋人から逸らす事にした。それにしても。

「サラナ様の、婿候補でございますか。候補者は……」

「分家から護衛として付けている奴らだ」

私の質問に、バッシュ様が、嫌そうに答えてくれた。ふうむ、と私は彼らの顔と名前と普段の素行を思い出す。

「皆様、特に問題はないかと存じます。接していて横柄な方も、女性の扱いが悪い方も、金遣いが荒い方もいらっしゃいません」

素行調査をしたわけではないので、あくまでも私の印象だが。彼らはドヤール家の分家筋の次男や三男であり、継ぐ家も爵位もないが、貴族である事は変わりない。私のような平民に対する態度というのは、隠していてもそれとなく分かるものだが、彼らの態度に、特に嫌なものを感じる事はなかった。

「ふむ。であろうな。サラナに付けている者たちは、その身上を根こそぎ洗い出している」

バッシュ様が不機嫌そうに仰った。私は噴き出しそうになるのをなんとか堪えた。サラナ様の婿候補として、ご自身で選んで付けた護衛なのに、身辺が綺麗な事を、なぜそんなに悔しそうに仰るのか。結局、どんな清廉潔白で立派な男であろうと、サラナ様を娶る男は気に食わないのだろう。

「ですが……。サラナ様の婿として考えるなら、相応しいかどうかは……」

私は恐れ多くもそう申し上げると、セルト様は分かっているというように頷いた。

「私も、婿としては、不可ではないといった判断だよ」

「ふっ。頭で考えるより、身体を動かす方が得意な奴らばかりだからな」

的確なバッシュ様とセルト様の評価に、私は再び噴き出すのを我慢した。

「サラナは色々と規格外ですから。もう少し、何というか、ねぇ」

カーナ様が小首を傾げて、ミシェル様の方を見る。

「脳筋なだけじゃ、困るのよ」

バッサリとミシェル様が言い切って、私は今度こそ噴き出すのを止められなかった。

「ぶっふっ、く、ゴホンッ。失礼しました。確かに、もう少し、サラナ様のサポートが出来る方が、望ましいかと思います」

私には、サラナ様の婿候補と言われて、実はずっと1人しか、思いつく男はいなかったのだが。

この名を出してもいいのだろうか。

「構わないから、言ってみてくれ」

セルト様に促され、私はもごもごと口ごもった。

「あくまで、私の勝手な意見です。彼自身に、そのような野心を感じるというわけではありません。ただ、お2人が一緒にいらっしゃるところを見ていると、お似合いというか、ピッタリだなと思いまして……」

「ごちゃごちゃ言ってないで、早く言いなさい。別に、君の意見だけで、その人物を咎めたりしないよ」

ジーク様に苦笑交じりに促され、私は、恐る恐る、その名を口にした。

「アルト・サース様。アルト商会の会長です」

「まぁ！　やっぱり！」

「ルエン様も、そう思っていらっしゃったのね！」

私の言葉に、途端に女性陣がキャッキャッと色づいた。

「もうね。この前のドレス選びの時の、アルト会長の目がねぇ。サラナの事を、想っているのがダダ漏れでっ！」

「あのドレス選びも凄かったわ。サラナが着た事ないタイプのドレスだったのに、自信ありげに『似合うと思います』って断言してたもの。愛がなきゃ言えないわ、あの言葉！　それにあのドレスを着たサラナが、もう、可愛くて！　サラナの新たな可愛らしさを引き出していたわっ！」

どうやらドヤール家の女性陣の意見と、私の意見は同じようだった。男性陣の反応は……。

「あの男は、見かけはヒョロいし、強くはないが、気骨のある奴だ」

意外にも、バッシュ様の反応も悪くなかった。

「シャンジャの港で、ルイカー船のスピードを上げて走らせた時、あの男に怒られた。サラナが一緒に乗っている船を、あのような速度で走らせるのは、何事かと」

バッシュ様はポリポリときまり悪そうに頬をかいている。

「ワシがサラナを支えているから心配ないと言ったが、怪我一つさせない自信があったとしても、か弱い女性に負担を強いるのは、騎士として恥ずべき事だと、真っ向から反論しおった。船を降りたサラナが、フラフラになっていたから、本気で怒っておったわ。ワシ相手に、あんな事を言える奴は滅多におらん。大抵は一睨みすれば震え上がるものだが、全く怯まなかったわ」

「義父上。その話は、私も初耳ですねぇ。後でその件について、詳しくお聞かせください」

可笑しそうに笑うバッシュ様に、セルト様がヒヤリとした声を掛ける。途端、バッシュ様に焦りの色が見えた。怒ったセルト様の恐ろしさを重々承知している私は、バッシュ様に深く同情した。

「うーん。アルト会長はセルト殿に似て、切れ者だから、サラナに合うかもしれんな」

ジーク様も、セルト様を見ながら、そんな事を言う。確かに、セルト様とアルト会長は似たタイプだろう。武力はないが、それを上回る知力と、何より、人望がある。

アルト商会は急成長を遂げている商会であるが、アルト会長をはじめとする商会の従業員たちは、謙虚で実直な者たちばかりだ。傲ることなく、どんな客にも丁寧に接し、職人たちを大事にしている。アルト会長の人柄が反映されたような商会なのだ。

「アルト会長か。やはり君も、同じ意見なのだね」

セルト様は思案気に呟かれた。彼自身が考えていた有力な候補も、アルト会長だったようだ。

「あの……。もしや、今回の謁見は……」

嫌な予感がした。サラナ様の功績を思えば、ただの謁見で終わるとも思えない。それぐらい、今回のルイカー船の功績は大きなものになりそうなのだ。婚約者のいないサラナ様への縁談が、下手すれば国王のお声掛かりで、持ち込まれる可能性があるのか。

「私は、二度とサラナに辛い思いはさせたくないのだよ。もしも望まぬ縁談をごり押しされたら、あの子がようやく手に入れた自由を、また奪われることになってしまう」

セルト様の憂いた様子に、私は胸が詰まった。前回のサラナ様の婚約とその解消の顛末《てんまつ》。ほんの少しだけ事情を聞いた私でも、胸糞が悪かったのだ。当事者だったセルト様たちの気持ちは、どれほど悔しく、やりきれないものだったのだろうか。

「そんなことはワシがさせん！　王家と敵対する事になっても、サラナの意に沿わぬ結婚など、断じて許さんぞ。サラナがずっとワシの側がいいというなら、ずぅっと、ずぅっと、ドヤール家にいたらいいんだ」

後半はバッシュ様の要望が駄々洩れていたが、おおむね、私も賛成だ。無理やり嫁がされ、素晴らしい功績が相手の男や嫁ぎ先に搾取されるような事になったら。サラナ様の輝くばかりの才能が、枯渇してしまうだろう。

「サラナは、厄介な人に好かれているからねぇ」

剣呑な、セルト様の言葉。途端にドヤール家の空気が冷える。示唆されたのが誰かぐらい、言われなくても分かった。

モリーグ村に視察にやってきた、王弟殿下とその側近たち。突然の視察で、ただでさえ忙しいというのに、その対応には胃が痛くなる思いをした。刃物を使う工程もあるので、勝手に動かないで欲しいと忠告しても、自由気ままに動き回っていた。横柄ではなかったし、無理難題を言われたわけではないが、高位貴族にありがちな、周囲に配慮が出来ない人たちだった。生まれた時から周りにかしずかれて生きてきた人種というのは、自分の意に周りが従うのが当然なのだろう。本当に、あの視察は気疲れしたのだ。

「サラナに既に婚約者がいると言えたら、牽制は出来ると思うんだが。アルト会長の気持ちもあるだろうからね。縁談については、サラナも成人前であるし、早急に進めるつもりはなかったんだが、今回の謁見で予定が狂ってね」

セルト様としては、アルト会長に意向を確認し、サラナ様との相性を見ながらゆっくり話を進めたかったようだが。

「サラナ様のお気持ちは分かりませんが……。アルト会長は、今の状態で婿にと打診されたら、お受けにならないと思います」

私の言葉に、皆の視線が集中する。私は言葉を選びながら、率直な意見を述べた。

「サラナ様は、セルト様にアルト会長との結婚を勧められれば、お断りになる事は無いと思います。わきまえた方ですから」

大好きな父親から、アルト会長と婚約しなさいと言われたら、心の中でどう思っていようと、きっとあの方は従うだろう。その辺は、貴族の令嬢として、父親に従順なのだ。達観しているというか、何というか。

「それを見越して、アルト会長はセルト様の打診を、お断りになると思います。会長は、サラナ様が気持ちを曲げてまで婚約を受け入れる事を、良しとしないでしょう。あの方は、それはもう注意深くサラナ様を見ていらっしゃいますからね。そのお心を曇らせるような事は、死んでもしないと思います」

　私の言葉に、セルト様は深く溜息を吐いた。

「……確かに。サラナは前の婚約の時も、私の立場を思いやって、一言も文句を言わなかった。理不尽に解消された時も、何一つ。そうか。確かにあの子は、私がアルト会長との婚約を勧めたら、受け入れるだろうね。そして、アルト会長は、サラナの事を思って、私の打診を断る……」

　セルト様はしばらく考え込んでいたが、フッと笑みを浮かべた。

「なんとも。最高の婿候補ではないか」

　そう、セルト様がドヤール家の面々を見回すと、約1名を除いて、皆が深く頷いていた。約1名は、誰だとは言わなくても分かるだろう。

「では、当面の間は、アルト会長を見守るとするか。ふぅむ。万が一に備えて、王家からの打診に対抗する手段を整えておくか……」

　そう、穏やかに微笑むセルト様。

　一体どんな手段なのだろうか。不謹慎ながら、少々、興味が湧いてしまった。


　初めて王都に参りました、サラナ・キンジェです、ごきげんよう。

　ど田舎モリーグ村に比べて、港街シャンジャは華やかだと思っていましたが、王都は桁違いだわ。

活気があって緑と茶色が主色の田舎に比べて、何もかもがカラフル。華やかすぎて、目がチカチカします。やっぱり私は、人口よりも馬の数の方が多いモリーグ村の方が好きだわぁ。

今回の謁見にご同行いただいたのは、伯父様と伯母様、そしてお父様。お祖父様とお母様はお留守番。お祖父様が相当ごねていましたが、魔獣が跋扈《ばっこ》する辺境にお祖父様も伯父様もいないのはちょっとマズいという事になり。陛下への謁見に後見人たる当主が同席しないのはダメ、という事で、お祖父様は泣く泣く（本当に泣く泣く）、お留守番になりました。お土産を買って帰るので許してくださいな。お母様が残られるのは、お祖父様の宥め役と、前回の王弟殿下曰く『ラカロ卿は奥様のエスコートをしなくてはいけないだろう』を避けるためですって。なるほど。

そして何故かドヤール家の馬車に、ちゃっかりアルト会長も乗っています。忙しいのに。本当に忙しいのに、無理をして付いてきてくれました。目の下の隈が凄いのに、とっても清々しい笑顔のアルト会長。大丈夫かしら。

でも、なんだかねぇ。柄にもなくちょっと緊張しているものだから、アルト会長がいると、心強いわぁ。来てくれて良かった。

モリーグ村を出発する時も一悶着ありました。

馬で駆けていく方が速いぞという、脳筋な伯父様、お祖父様、お兄様ズと、貴婦人連れで、馬で行けるかという良識派のお父様と私たち。お父様が、サッサと馬車の手配をなさっていたのですが、伯父様はずっとブツクサと小声で文句を言ってらっしゃった。

馬車はずっと乗っていると疲れるから、馬でパッと行った方が女性だって楽だろうと、本気で思ってらっしゃるのだ。ミシェルは私が、サラナはセルトが、抱えて馬に乗ればいいだろうと主張していらっしゃいます。伯父様には出来ても、生粋の文官体質なお父様には、長時間女性を抱えて馬を走らせるなんて、無理ですよ。ええ、決して私が伯母様より重いだなんて事ではないですよ？

伯母様が窘《たしな》めても、お父様が諭しても、私が甘えても、伯父様はずーっとブツクサ言っていた。たまに、変な所で頑固になるのよねぇ、伯父様って。普段は大雑把、いえ、大らかなのに。

そんな時。旅の打ち合わせにいらっしゃったアルト会長が、拗《す》ねる伯父様を見てニッコリ笑い、伯父様としばくの間、2人っきりでお話し合いをなさったのだけど。

「すまなかった、ミシェル、サラナ、セルトっ！　私が愚かだった」

アルト会長とのお話し合いを終えた伯父様は、部屋から出てくるなり、真っ青な顔で私たちに頭を下げた。謝るだけではなく、馬車の準備も自ら進んでなさる変貌ぶり。

「アルト会長？　いったい、伯父様とどんなお話をなさったの？」

アルト会長にそう聞いたら、小さく微笑まれた。

「特に何も。女性連れの旅に必要な物のご説明をさせていただいただけです。さすが、ご当主様です。私のような一介の商人の意見も、鷹揚《おうよう》に聞き入れてくださいました」

ニコニコ微笑むアルト会長に、隙はないわ。でも何かしたのでなければ、伯父様の変貌ぶりは説明がつかないし。伯父様は本気でお父様に怒られた時のような、怯えた顔をなさっているけど。アルト会長が怒るなんて、考え難いしねぇ。

うーん？　と考え込んでいると、アルト会長は優しい笑みを浮かべた。

「サラナ様。旅に必要な些事は、私がお引き受けいたします。サラナ様は王都観光に行くぐらいのお気持ちで、楽しまれてください」

王都観光かぁ。メインが謁見でなければ、心の底から楽しめそうなのにねぇ。

「とは言っても、王都でも今、目新しい物はほとんど見られないかもしれませんが」

「あら？　どうして？」

アルト会長の言葉に、私は首を傾げた。王都といえば、経済の中心。新たな商品や流行が日々、生み出されているはず。

「現在の王都は、ドヤール領から様々な商品が流入している状態です。そこで売られているものは全て、モリーグ村で作られ、サラナ様のお目を通っておりますから。今の流行の最先端はモリーグ村と言えるのです」

流行の最先端？　あの、ど田舎のモリーグ村が？　村民全員顔見知りで、畑と山しかないあの村が？　乗合馬車が10日に1回しか来なくって、道を歩けばムカデっぽい虫に遭遇するあの村が？

まぁ、なんて事でしょう。

「ウチの王都店の従業員も、ドヤール支店に異動したがっていますからね。毎日のように新しい商品が生み出されるので、刺激になる。それに。ご存知ですか？　サラナ様のアトリエは今、職人たちからの研修希望が殺到しているらしいですよ？」

アトリエというのは、元々私たちが住んでいた屋敷の事だ。今は私が商品開発をするためのアトリエとして、使わせてもらっている建前なのだけど、実際はダッドさんとボリスさんの根城みたいになっているのよね。孤児院での職人の意見交換会の際は、アトリエを宿として職人たちに提供しているんだけど。孤児院での意見交換会の熱気が収まらぬまま、宿に帰ってみたら、目の前に、仕事道具や素材が積まれているわけですよ。そうすると、ねぇ。意見交換しながらの、実践研修が始まっちゃうのよ。

研修については、ルエンさんとその補佐の部下たち（ルエンさんがご学友や、かつての仕事仲間を引き抜いてきました）で取り仕切ってくれているのだけど。さすがよねぇ。宿の滞在費も生活費も、素材の費用も、なんなら新しい工具が欲しければそれも、全て負担する代わりに、成果物に関してのマージンをいただくシステムらしいのよ。人材育成をしながら、ちゃっかり儲けるなんて。やり手よね。ルエンさんをクビにした王宮は、本当に見る目がないと思うの。

おかげでダッドさんとボリスさんはほとんどアトリエに入り浸り。そのまま泊まる事も多いのよね。今年の冬は出稼ぎに行かなくて済んだって言ってたのに、こんなに家を空けて大丈夫なのかしら。

そう思って、ダッドさんとボリスさんの奥さんに聞いてみたら。

「あっはっはっは。こんなに近くにいるんだから、何の心配もないですよぉ。好きなだけ、扱《こ》き使ってやってくださいよぅ」

「夕飯の支度もいらないし、汚した服も洗ってもらえるし、楽で助かりますよぉ。毎日だって、構いませんよぅ」

奥さんたち、豪快に笑い飛ばしていらっしゃいました。亭主元気で留守がいいのかしら。まぁ、奥さんたちもニージェの花の加工の仕事で忙しいから、家事の軽減になっているなら、いいのだけど。

でも。もしかして奥さんが忙しいから、構ってもらえないのが面白くなくて、ダッドさんとボリスさんがアトリエに籠っているのかしら。大変。何も考えないで、皆を忙しくさせてしまったけれど、モリーグ村民の夫婦仲の危機を生み出してしまったのでは？

「ねぇ、アルト会長。もしアルト会長が結婚したら、奥さんには家にいて欲しいと思うかしら？奥さんが働くのは、イヤ？」

私は、経験豊富そうなアルト会長に意見を聞いてみる事にした。何故か横で聞いていた伯父様が、ぶっふぉおとむせていたけど、大丈夫かしら。ミシェル伯母様はその横で、面白そうな顔をしているし、お父様は興味深そうにアルト会長を見ている。あら？　そんなに食いつかれるような話題だった？

「け、結婚したら、ですか？」

アルト会長は首まで真っ赤になっていた。あら、どうしたのかしら。アルト会長もお年頃だから、結婚の事なんて、色々な人に聞かれるでしょうに。

「ええ。ほら、男の人って、奥さんに働かせるのを嫌がる人もいるじゃない？『俺が甲斐性無しと思われるから、働くのはやめろ』みたいな」

こちらの世界では、妻は家にいるのが一般的だ。前世みたいに家電があるわけでもないし、洗濯一つにしても、手作業だから大変なのよ。どっちかが家事をやらないと、家の仕事が回らなくなるから、妻は家にいる事が多い。女性が働ける職場も、限られているからね。モリーグ村のニージェ加工の仕事は、そういう意味では珍しいのだ。ほぼ、女性しかいない職場だからね。

そういう面から言っても、女性が働く環境のサポートが必要かもしれないわ。仕事が順調でも、家事が滞って、夫婦が喧嘩ばかりなんて事になったら、幸せになれないものね。

「わ、私は……。そうは思いません。女性でも、自分の仕事に誇りを持つ事は、素晴らしい事だと思いますし。つ、妻が楽しそうに仕事をしているのなら、そのサポートを、全力でしたいと思います」

恥ずかしそうに、つっかえながら、そう仰るアルト会長。まぁ。なんて素敵な考え方なの。アルト会長と結婚する人は、幸せね。そんな風に思ってもらえるなんて。……いいなぁ。

ちょっとだけ、胸がもやもやした。あら。どうしたのかしら。お昼ご飯を、食べすぎたかしら？

「サラナ様。どうなさったんですか、いきなりそんなお話をなさって」

なんだか真剣な目で、アルト会長に問われる。いつも思うけど、アルト会長って、本当に真面目よね。こんなたわいない話を、真剣に聞いてくださるのだから。

「いえ。モリーグ村は事業のせいで共働きの夫婦が多いでしょう？　短い期間で随分と生活スタイルが変わってしまったから、村人の負担になっていないか心配で。それで、奥さんが働く事について、男性の一般的な意見が聞きたかったのよ」

「男性の、一般的な、意見を……。なるほど……」

途端に、アルト会長が目に見えて落ち込んだ。え、え。どうしたの？　だって、この中の男性陣で一番、平民の生活を知っていそうなのはアルト会長だから。聞いちゃダメだったのかしら。オロオロと伯母様に助けを求めれば、あーあって顔をしています。なんですか？　私、やっぱり何かいけない事を聞いちゃいましたか？

「あの、ほら。ダッドさんとボリスさん。アトリエに籠ってばかりで、あまり家に帰らないでしょ？　夫婦仲が悪くならないか、心配で。奥さんがニージェの仕事で忙しくしているから、帰らないのじゃないかと心配で」

「あの２人は、単に職人バカなだけですから。妻に構ってもらえないから帰らないだなんて、そんな繊細ではないと思いますよ……。放っておいても、大丈夫ですよ。はぁ……」

珍しい。落ち込むアルト会長。どうしましょう。落ち込ませたのは、私だわ。

「いえ。すみません。ちょっとだけ、予想外でしたがっ！　それで、サラナ様。共働きの夫婦のために、どのような負担軽減をお考えですか？」

アルト会長は頭を一つ振ると、笑顔を浮かべた。あら？　立ち直ったのかしら？　大丈夫？　見た目には、いつものアルト会長だけど。

「そ、そうねぇ。食事の宅配や、お弁当を売る店があったら、便利よね。ほら、食事処はあるけど、持ち帰りのサービスがあると、家でゆっくりしたい時はいいと思うの。あと、お洗濯やお掃除の代行サービスとか」

「なるほど。食事の宅配に、貴族家の使用人のような仕事を、請け負うサービスですか。それは確かに、需要がありそうですね。一般的な平民の家庭でも利用出来るような料金設定にしないと、顧客の獲得は難しいかもしれませんが……」

しっかりとメモの準備をして、聞き入っているアルト会長。すっかりいつものお仕事スタイルだわ。伯母様やお父様は、再び面白そうな顔で一緒に聞いていた。

伯父様？　揺れる馬車の中で、目をつぶり、すっかり熟睡していました。伯父様ですから。こういう大らかな所は、お祖父様と親子なのね、としみじみ思わせるわよね。

これっていわゆるデートと言うものではないのかしらと、浮かれております、サラナ・キンジェです。ごきげんよう。

王都への旅も終わり、王都にあるドヤール邸にやって参りました。一応、辺境伯家ですから、王都にも住まいはあるのです。でも、代々の当主は社交よりも討伐が好き、いえ、重きを置いているので、社交シーズンも2年に1回ぐらいしか参加しないものだから、ほとんど王都の屋敷は使っていないらしい。

どれぐらい使わないかと言ったら、久しぶりに当主夫妻が滞在する事になって、王都の使用人たちが泣いて喜ぶぐらい。ご当主様や奥様のお世話が出来るー！　きゃー、お帰りなさーい！　と、いった感じで、大歓迎された。ちなみに、王都の学園に通うヒューお兄様とマーズお兄様は寮住まい。長期休みはドヤール領に帰っちゃうのよねぇ。王都邸、本当に使わないわ、勿体無い。

王都の屋敷で働く使用人たちは真面目なのか、来る日も来る日も主人不在のお屋敷の管理だけでは、物足りなかったようで。使用人の皆さん、大型犬だったら尻尾をぶんぶん振っていそうなぐらいの歓迎っぷりでした。屋敷の管理を任されている家令さんは、涙ぐんですらいましたよ。

荷物を一つ運ぶにしても、我も我もと取り合いになりそうな使用人さんたちに、やいのやいのと世話を焼かれ、旅装も解いてほっと一息入れている時。ひょっこりとお父様が、私の部屋に顔を出した。

「サラナ、疲れていないかね」

「いいえ。大丈夫ですわ」

今日は近くの宿泊所から王都に馬車で揺られただけなので、さほど疲れてはいなかった。まぁ、明日の謁見を思うと気が重いけど、ねぇ。

どうやら、明日の謁見には王弟殿下も同席するらしい。学園はどうしたと聞きたかったが、王都内にあるものね。ちょっと学園抜け出して、家に帰るぐらい出来ますわよね。何しにいらっしゃるのかしら。伯父様に会いたいのかしら。謁見でただでさえ気を遣うのに、はぁぁ。

「いやね。明日の謁見が終わって、明後日の朝にはモリーグ村に帰るだろう？　今日の内に、王都見物でもしてきたらどうかな」

過密スケジュールの中、謁見を入れ込んだため、伯父様もお父様も謁見が終わればすぐに村に帰らなくてはならない。馬車でうたた寝していた伯父様が、「ううう、その報告物は、あと、3日、いや、2日待ってくださいい～」とうなされていたぐらいですもの。お忙しさは十分、分かっている。

別に王都に長く滞在したい訳ではないので、トンボ帰りには不満はないけれど。

「あら、素敵。そうですね。一度ぐらいは、王都を見て歩きたいわ」

「私とジーク様とミシェル様は、それぞれ仕事があるからね。一緒には行けないが、アルト会長に案内を頼んでおいたから」

「まぁ。アルト会長はお忙しくないのかしら？」

馬車の中に書類を持ち込んでお仕事なさっていたアルト会長の姿を思い出して、私は首を傾げる。別に、お供の侍女と護衛がいれば、一人でも行けますけど。前世からお一人様は得意だし。

「ふふふ。この時間のために、彼は馬車の中でも仕事をしていたんだよ。気にせずに行っておいで」

「まぁ。お父様。アルト会長に、ご無理を言ったんじゃゃなくて？」

お忙しいのに、『娘の王都観光に付き合ってやってくれ』とか、無茶振りしていませんよね？そうだったら申し訳ないもの。

「逆だよ。『是非、王都観光にお連れしたい』と頼まれたんだ。彼なら、サラナを任せてもなんの心配もないからね」

お父様はにっこり笑って、私の頭を撫でた。

「楽しんでおいで。私の可愛い天使。いつも頑張っている君は、もう少し人生を楽しむべきだよ」

なぁんて、甘いお顔と、イイ声で仰るものだから、実の父親に、ときめいてしまったわ。お父様ったら。どこまで私を惚れさせる気ですか。ほんとに、お母様が羨ましい！

街歩きをしたいのよ、と侍女さんたちに告げると、それはもう張り切った。年頃のお嬢さまの世話を出来るなんてぇ、生きてて良かった、と、涙ぐむ侍女もいる。ええぇ。ちょっと手伝ってくれるだけでいいんだけど。そんな大袈裟なものじゃないわよ？

使用人さんたちの様子を見て、伯母様が反省していた。これからは定期的に王都の屋敷にも来なくちゃね、と。使用人たちの鬱憤《うっぷん》も溜まっているようなので、サラナ、好きなように磨かせてあげてね、と笑顔で人身御供に出されました。伯母様ぁ。

アルト会長をお待たせしているので、入浴マッサージ付きスペシャルコースは涙を呑んで諦めてもらった。明日の謁見前には絶対ですよ！　と約束はさせられたけど。目立ちたくないので、そんなに張り切らないで欲しいわ。

シャンジャでお祖父様に貢がれた、街歩き用の軽いワンピースを着る。髪は結われ、そこに白いリボンを飾られる。

ふふふ。このアルト会長からの誕生日プレゼントリボン、私のお気に入りで、毎日のように着けているんだけど。今日は気付くかしら。

そんな事を考えて、ウキウキワクワクしていた。あら。異性とお出掛けなんて、これって、デートかしら？　デートなんて久しぶりすぎて、緊張するわ。お一人様時代が長かったから、もう思い出すのも難しいぐらい。

何年振りかしら？　あれ？　前世も合わせたら、軽く四半世紀振りじゃない？　と戦慄しつつ、準備を整えた私を迎えたアルト会長は、ふわりと甘い笑みを浮かべる。アルト会長も街歩きに合わせた、軽装だ。いつも商人らしくカチッとした正装姿が多いから、砕けた服装も新鮮だわ。あらまぁ。お似合いですわね。

「いつものドレス姿もお美しいですが……。今日の装いも、大変お似合いです。なんて、愛らしい。まるで春を司る女神のようだ。こんなにも美しい人をエスコート出来る栄誉をたまわるとは。私は世界一の幸運者ですね」

貴族男性は社交辞令を装備しているものだと知っているけど、私はほら、前の婚約者がアレで、生国では周りからも敬遠されていたものだから、免疫がないのよね。この背中がムズムズする感じ。慣れないわぁ。恥ずかしくなっちゃう。

「アルト会長……。貴族男性の礼儀とはいえ、誉めすぎですわ」

いやもう。標準的日本人は、誉め言葉に慣れてないのよ。イタリア人ならいけるかもしれないけど。

「私は本心を申し上げているだけです。社交辞令は苦手ですから」

キリッとした顔で仰るアルト会長。嘘つきだわ。嘘つきがここにいますー。顧客のお嬢様方にも、甘い言葉を掛けている癖にー。

私の心の声を読み取ったのか、アルト会長は苦笑された。

「ご商談以外のお話は、私はしませんよ。カイたちにも、もう少しご令嬢に愛想良くしろと、怒られるぐらいです」

え一。でも。アルト会長、誉め上手よね。カイさんたちの基準が厳しいのではないかしら。不思議。

なんて考えているると、アルト会長の視線が、私の髪に注がれる。嬉しそうに、目が細まった。

「着けていただけて、嬉しいです。大変、お似合いです」

あら、やっぱり気付いてくれたわ。さすがだわ。

「私の、一番のお気に入りですのよ。お祖父様が、ヤキモチを焼くぐらい」

このリボンばっかり着けているから、お祖父様にも気付かれたのよね。アルト会長からの贈物だと話したら、『ワシも孤児院の童《わらし》どもと、リボンを作るぞ』と息巻いていました。子どもたちも忙しいからダメですよ、と諭したら、子犬のお祖父様がシューンとしていた。お祖父様からいただいた物も、頻繁に身に着けているのに。解せぬ。

「先代様に嫉妬されるとは。光栄ですね」

アルト会長の手がそっと、リボンに伸ばされた。見上げると、今までにない近い距離に、アルト会長がいて。

その射貫くような強い視線が、まるで初めて会う人みたいに、別人に思えて。瞬きも出来ずに見つめる事しか出来なかった。

伸ばされた手は、リボンに触れる事なく下ろされた。

フッと微笑んだアルト会長が、私に腕を差し出す。

「サラナ様をエスコート出来るなんて、夢のようですね」

アルト会長の腕に手を添えた私に、彼はそっと囁いた。

「その可愛らしい、真っ赤な顔。私の他には、誰にも見せないでくださいね」

自覚はしているので、わざわざ言わないでくださいな。

こんなみっともない顔。アルト会長にだって、見せません！


王都を散策中です、サラナ・キンジェです、ごきげんよう。ふんっ！

「サラナ様」

お天気が良くて良かったわ。綺麗な青空ねー。

「サラナ様」

あら、今は袖を膨らませたドレスが流行しているのかしら。私には似合いそうに無いわー。

「サラナ様」

先ほどから、アルト会長に呼び掛けられていますが、お返事はいたしません。だって、エスコートしながらずっと笑っていらっしゃるんですもの。きっと、男子と接するのが久しぶりな私を揶揄って、楽しんでいるのでしょう。腹が立つわぁ。

実質的にはアルト会長の方が年上ですけど、精神的には私の方が遥かに年上なのにっ！　坊やにチョッカイを掛けられても、余裕であしらうのが、大人の女ってものなのにっ！

でも、上手いあしらいを思いつけず、結局知らんぷりしているって……。どれだけ女子力が低いのかしら。無駄に年だけ重ねてるわー。反省。くっ、何をどうやったら女子力って育つのかしら。

「……怒っていらっしゃいますか？」

ずっと知らんぷりを続けていたら、心なしか、アルト会長の声が落ち込んでいる。チラッと見たら。あらま。ここにもショボン顔の子犬が。ゴリマッチョじゃない子犬は初めてね、こんにちは。

「申し訳ありません。サラナ様と出掛けられるかと思うと、嬉しくて、はしゃいでしまいました。機嫌を直していただけませんか？」

全身ショボンリしているアルト会長が、なぜか可愛らしく見えた。しっかり者のアルト会長に、こんな気弱な一面があるなんて。意外だわ。

「もう揶揄うのは、お止めになってくださいませ」

お姉さんぶって、優しく諭すように申し上げたら、困ったように微笑まれる。

「揶揄ったつもりはなかったのですが」

……揶揄ったつもりじゃなかったって、まさか、素でアレなの？　なんて事！　息をするように自然に女性を翻弄するなんてっ！　上級者ねっ！　ここにも恋愛上級者がいるわ！

またまた、アルト会長を見る目が変わったわ。こんなに誠実の塊です！　みたいな紳士なのに、実は遊び人なのかしら。

私の動揺をよそに、アルト会長は慣れたようにスイスイと私をエスコートして歩いていく。表通りからは1本外れた、静かな路地。治安は悪くないけど、お店はほとんどなく、住宅街って感じね。

それにしても、アルト会長は少しも迷いも見せずに歩いていくわね。

あ。そういえば。アルト会長は王都に商会を開いているのだから、慣れていて当たり前だわ。今

はモリーグ村の支店にいらっしゃる事が多いから、ナチュラルにモリーグ村地元民だと思っていたわ。馴染んでるもの。

そんな事を考えている間に辿り着いたのは、1軒の古びた、いえ、大変趣のあるお店だった。中央からほんの少し外れただけで、随分と静かな場所だった。あら。お店の裏に大きな木があるわー。樹齢何百年と言われても納得の大きさ。素敵ねー。

お店からはなんだかいい匂いが漂っている。んー。そういえば、そろそろお昼時ね。この素晴しい匂いから察するに、このお店、美味しいわ！

「サラナ様。こちらは私が王都に来た時から、大変世話になっている食事処です。ただ、平民向けではありますので、ご令嬢をご案内するに相応しくないかもしれませんが、味は保証出来ま」

「アルト会長！　早く中に入りましょう！」

アルト会長の言葉に、食い気味に賛成する私。ほほほ。はしたないかしら。でも、『サラナちゃん美味しいモノセンサー』が、盛大にビーコンを鳴らしているわ。ここは大いに期待出来ると！

私のノリノリな様子に、アルト会長はホッと頬を緩める。あら、もしかして私が、ご令嬢モードで「こんな店嫌ですわ、よよよ」とでも言うと思ったのかしら。

こちとら前世は居酒屋も立ち飲み屋もスナックも1人で通っていたのよ。平民向けの食事処なんて、へのかっぱよ。スナックのママに「あんた、うちの店でチーママとして働きなさいよ」と酒焼けしたダミ声で勧誘されたのは良い思い出だわ。ママ、元気かなー。

そして、『サラナちゃん、美味しいモノセンサー』の性能は証明された。

「美味しい〜」

大きなエビが入った海鮮ドリアを堪能しながら、私は心の底からの幸せを感じていた。海鮮の旨みが、チーズと絡んで……。至福よ。ここに楽園があったわ。

「こちらも、美味しいですよ。私にとっては、王都の忘れられない味です」

そうニコニコ顔のアルト会長が食べていらっしゃるのは、こっくり煮込まれた柔らかタンシチュー。先ほど、ちょっとだけお味見させていただきました。食べ物のシェアなんて、貴族的にはマナー違反だとは重々承知していますが。美味しいモノを前にすると、人はどこまでも強欲になれると思い知ったわ。叩き込まれた淑女教育なんてどうでもよくなるぐらい、素晴らしいお味でした。幸せ。次はタンシチューにするわ、絶対。

こちらの世界の料理は、飽食日本に比べて、ザ・素材の味という料理が多いのだけど。この店の料理は、素朴ながらも香辛料の使い方が絶妙で！　あぁ、これは、手間と時間を掛けているわ！　美味しいのよ。

「そんなに喜んでくれて、嬉しいわ！」

店主であるジョアンさんが、ニッコリと笑ってテーブルに可愛らしいカップケーキを置いてくれた。

「これは、美味しい顔で食べてくれたお嬢さんに、サービス」

格好良くウインクして、そんな事を仰ってくれるジョアンさん。ああもう、好き。

「それにしても、アルト会長。凄い大出世だねぇ。ウチに通っている時は、まだ独立したばかりで、金もなくて食うや食わずだったのに。本当に、成功してくれて良かったよ」

「あの頃は、本当に全く稼ぎがなくて。何度も親父さんには食事をご馳走してもらって。助かりました」

「食えなさすぎて、行き倒れか物乞いみたいにがりがりに痩せてたのにねぇ。でも父さんが、『あいつはいつか大物になるぞ』って言ってたし、アルト商会の人は皆誠実で、信用出来るから、絶対に成功するって思ってたよ。凄いよね、あの魔石を使った卓上ポット。ウチでもちょっと高かったけど、買っちゃったよ」

「使っていただけて、嬉しいです」

まぁ。こんな所にも卓上ポットの愛用者が。嬉しいわぁ。

それにしても、いつもよりアルト会長の言葉が砕けている。昔からの馴染みのようだから、アルト会長も力が抜けているのね。

でも……。アルト会長とジョアンさん、とっても、仲が良いのね。ジョアンさんは赤毛のキリリとした美人さんだから、大人なアルト会長とも、とてもお似合いだわ。アルト会長の昔の話が聞けて嬉しいけど、ちょっと……。疎外感を感じちゃうわ。

なんだか急に美味しい海鮮ドリアの味が分からなくなってしまった。あら。どうしたのかしら。とても良い匂いなのに。

そんな私を見て。ジョアンさんがアルト会長に向かって、にやぁっと笑う。

「アルト会長。ウチの亭主も、会長が来るのを待っていたんだよ。2人で最近はなかなか店に来てくれないねぇって話していたんだよ」

「ああ。申し訳ない。最近は王都を離れる事が多かったものですから、なかなか時間が取れなくて」

亭主。という事は、ジョアンさんは、ご結婚していらっしゃるのね。そっかー。そうなのね。

「ウチの亭主はこの店の調理人をしておりますよ、お嬢様。ご安心なさってくださいな」

楽しそうなジョアンさんに、私は目を瞬かせる。安心？　って。何故かしら。

「まぁ。家族経営でいらっしゃるのね」

よく意味は分からなかったので、当たり障りのない言葉を返すと、ジョアンさんは面白そうに瞳を細めた。

「あらまぁ。自覚はなしのようだね。大変だねぇ、アルト会長」

「長期戦は覚悟していますよ……」

「まぁ、まだお若そうなお嬢さんだしねぇ。横から掻っ攫われないように、気を付けて」

「その忠告、笑えませんね」

なんとなく覇気のなくなったアルト会長を、ジョアンさんが揶揄う。どうしたのかしら？　タンシチューに飽きた？　まさか！　あの絶品な味付けに、飽きが来るはずないわ。私なんて一口食べただけで、もう虜になっているのに！

「あらまぁ。ウチの名物のタンシチューを気に入っていただけて嬉しいけどねぇ。この店、もうすぐ閉める予定なんだよ」

「えっ？」

ジョアンさんの言葉に、私は驚いた。アルト会長も、思わず手を止めている。

「味に自信はあるんだけどね。見ての通り、お昼時だってのに、お客はお2人だけ。ここ1年、すっかり客足が途絶えちゃってねぇ」

ジョアンさんはお店を見回して、寂しそうに溜息を吐いた。確かに、お店には私たち以外のお客はいない。カウンターでは手持ち無沙汰に、従業員がキュッキュッとグラスを磨いていた。ジョアンさんのご兄弟かしら？　赤毛にキリリとした緑の瞳がそっくりだわ。

「私もそれは気になっていました。少し時間が早かったせいかと思っていたのですが。前はあれほど客で賑わっていたのに。何かあったのですか？」

「まぁ、元々古い店だったからね。常連はこの辺の住民ばっかりだったんだけど。ほら、大通りに大きな劇場が出来ただろう？　そこの関係で、この辺も整備されて、古い家も取り壊されたんだよ。この店は整備計画からは外れていたおかげで、移転は免れたんだけど。あれ以来、すっかり客の流れが変わっちゃってね……」

王都では芸術や文化の水準を上げるため、数年前から美術館や図書館の設立が相次いでいるのだとか。その一環で、この近くに大きな劇場が建ち、その周辺に飲食店などが増え、客はその華やかな大通りに流れてしまっているのだとか。常連客たちも、職場や住まいが整備計画に引っ掛かり、移転や転居ですっかり足が遠のいているのだそうだ。

「まぁー」

前世でも聞いたことがある。区画整理や都市計画、または大型店舗の進出で、客足が遠のき、廃業に追い込まれる小さな商店の話。周辺に住む人は車で行ける大型店舗を利用するようになり、小さな店舗が立ち行かなくなり、閉店。その余波でその小さな店舗を利用していた、車を持たない高齢の住民が買い物難民に。あぁ。世界は違えど、同じような問題がこの世界にもあるのだわ。

「色々、客を集めようと頑張ってみたんだけど。ビラを配ったり、値引きをしたりさ。でも、整備計画で出来た新しくて綺麗な店には勝てなくて。もう、どうしようもないんだ。私の祖父が始めた店で、私で3代目だけど、悔しい事に、これ以上は保たなくて。残念だけどね……」

元は貴族の別邸として使われていたというお店は、古い様式だが、趣のある佇まいをしている。ジョアンさんのお祖父様が必死に働いて買った店らしいが、これ以上ここにしがみ付けば、ジョアンさん一家が路頭に迷う事は、明白だった。

「ここを売って、家族みんなで働くわ。いつかお金を貯めて、また店を出すよ」

そう言って、ジョアンさんはカラリと笑った。せっかく食事なのに、湿っぽい話をしてごめんねと、食後の紅茶を淹れてくれる。

ジョアンさんが下がった後、香りの良い紅茶を前に、私たちは押し黙っていた。

アルト会長は見るからに落ち込んでいる。そうよね、食えない時代にお世話になった店が、経営難で閉店するのだもの。ショックよねぇ。

「すみません、サラナ様。折角のお食事が、暗い雰囲気に」

アルト会長がショボンとしたまま、謝ってくるが、別にアルト会長は悪くないし。というか、誰も悪くなんてないわ。どうしようもない現実に、ちょっと寂しい気持ちになっただけだもの。

「ただ、援助しますと言っても、ジョアンさんは受け取ってくれないでしょう。先代も、潔癖な方でしたから」

アルト商会が軌道に乗り始め、少し余裕が出来た頃。ジョアンさんのお母様、当時の店主夫人が、病気になったそうだ。

アルト会長は恩返しも兼ねて、治療費の援助を申し出たのだが、店主にキッパリ断られたそうだ。恩を売りたくて、食わせてやったんじゃない！　頑張り屋が腹を減らしていたから、食わせてやったんだと、怒鳴られたそうだ。

結局、治療費は家族で何とかかき集め、無事に奥様は回復したらしいが。それにしたって、何て頑固者なのかしら。ウチのアトリエを根城にしている職人たちみたいだわ。

ジョアンさんは、その先代店主に気性がそっくりなのだそうだ。なんとなく、キッパリ断られる姿が想像出来た。『返せるアテのないお金は借りないわっ！』とか言いそう。

でも。援助して一時は凌げたとしても、結局、客足が戻らなきゃ意味がないのだ。店が以前のように繁盛しなければ、僅かな援助金など、焼石に水だろう。

大通りから離れているだけで、味は良いのだし。前世みたいに隠れ家的なお店のコンセプトで売り出せば……。いやいや、ジョアンさんたちも、色々客引きを頑張っていたらしいけど、新しく出来たお店たちに埋もれてしまったと言っていたし。隠れ家が隠れっぱなしになっちゃうわよねぇ。

なにか、大通りの華やかさにも引けを取らない良さがあれば。

私はぐるりとお店を見回した。古いけど、趣のある、いい造りよねぇ。昔の建物って、造りがしっかりしているわぁ。そうねぇ、所々、インテリアでイメージを変えて。

いや、いっそ。大きく変えてみようかしら。

だって、こんなに素敵な造りだし。まるで……。

私は、カウンターで働くジョアンさん姉弟？　を観察して、アレコレとシュミレーションした。

うん、なんか、いけるかも。

私の様子を、ジッと黙って見ていたアルト会長に、私は笑いかけた。

「ねぇ、アルト会長。私、思いついた事があるのだけど、聞いてくださいます？」

「もちろん」

即答するアルト会長。真剣な顔で、メモを取り出した。あら、すっかりお仕事態勢ね。

ふふふ。なんだか、楽しくなってきたわ。

王都を堪能し忘れました、サラナ・キンジェです、ごきげんよう。

あの後。私とアルト会長はあのお店で打ち合わせを続けた。

その姿は、まるでファミレスにドリンクバーで何時間も居座って、ネタを書くお笑い芸人のようで。あら。例えがちょっと違ったかしら。でも、それぐらい、長々と居座ってしまったわ。もちろん時折、紅茶のお代わりや、お茶菓子を追加で頼みましたよ。他にお客様はいなかったので、ジョアンさんは笑って許してくださいました。本当に客足が遠のいているのだわ。私たちが居座っている間、他の客が全く来なかったのだもの。

ある程度の案を固めてしまえば、後はアルト会長が動いてくれる。

ジョアンさんを席に呼び寄せ、お店の改装計画について説明すると……。ええ。想定通り、拒絶されましたよ。貴族からの施しは受けないと、頑なに。

「まぁ、ジョアンさん。貴族の気まぐれな施しなんて。誰が申し上げました？　私たちがしているのは、このお店の経営状況を改善するためのコンサルティングよ」

「こんさるてぃ？　なんだって？」

「コンサルティング。より良い経営のために提案をさせていただきたいという事よ」

「ええ？　貴族のお嬢様が、どうしてそんな……」

ジョアンさんは、最初は半信半疑だったけど、説明をしていくうちに、どんどんとその顔が真剣になっていった。

「なんだか、突拍子もない話だけど……。そんな事で本当に客足が戻るのかね？」

「正直なところ、王都で受け入れてもらえるか分かりませんけど。そのために下準備はしっかりやりましょう。どうせ店は閉めるんでしょう？　ならばその前に、貴族の世迷言に付き合ってみてもイイのでは無いかしら。お付き合いいただける間のお給金は保証しますわ。お店を閉めるにしても、手元にお金があるのとないのとでは違うと思いますわ。それに、もしも上手くいかなかった場合は、お望みの就職先を探すお手伝いもさせていただきます」

私が真摯にそう申し上げると、ジョアンさんは困ったように頬に手を当てた。

「アルト会長がお連れした方だから、信用しちゃいるけどさ。どうして会ったばかりの私らに、そんな事までしてくれるんだい？　お嬢様には、損ばっかりで何の得にもならないじゃないか」

「あら。私にもちゃんと利益がありますわ」

私のプランが成功するかどうかは分からないけど、これだけは、確信をもって言える。ジョアンさんが、不思議そうな顔をする。

「どこに利益があるんだい？」

胸を張って、私は堂々と答えた。

「私、次にこの店に来た時に食べるのは、タンシチューだと決めているのです」

海鮮ドリアでも十分に満足しましたが。看板メニューはまだ一口しかいただいていないのです。少なくとも、食べるまではお店に存続していただかないと！　投資するだけの価値は、絶対あるんだから！

ぶっと噴き出す音が聞こえた。アルト会長が、顔を背けて我慢しようとしたけど、堪えきれずに笑い出す。

「んまぁ、アルト会長！　笑うなんて酷いわ！　私、真剣なんですから！」

「すみませんっ、分かっています……、っふふっ、もう少し、お分けして、差し上げれば、良かった、……タンシチュー。あはは」

「あれ以上分けていただいたら、アルト会長の分が、無くなってしまうではありませんか」

それにドリアでお腹一杯でしたから、もうあれ以上食べるのは無理だったわー。満腹で無理して食べるなんて、タンシチューに失礼だわ。美味しい料理には、万全の態勢で臨まなくては。前世でだって、高級焼肉店に行く時は、数日前からコンディションを整えていた私ですもの。

私たちのやり取りに、呆気に取られていたジョアンさんだったけど。やがてアルト会長よりも大きな声で、笑い出した。

「あっはっはっは。これはまた、食いしん坊なお嬢様だね！」

食いしん坊ではありません。美食家と言ってくださいませ。

まぁ、そんなこんな事があって。色々と打ち合わせをしていたら、いつしかとっぷり日が傾いており。

結局、1軒目のお店で1日が終わってしまい。王都観光の予定が、大半がお仕事の話になってしまったのだ。

さすがに店の外に出て、夕陽に染まる街を見たら、やべぇ、やっちまったと思いましたわ。お忙しいアルト会長が、色々と王都観光プランを考えていてくれたのに、台無しにしてしまったと。

私って、こういうところがダメなのかも。仕事に夢中になると、ついつい他が疎かになって。前世でお付き合いした人に、『仕事ばかりで、可愛げがない。俺の事はどうでもいいのか。仕事と俺のどっちが大事だ』とか言われてたわー。どっちが大事かなんて、決められるかと別れちゃったけど。あぁ。私って、やっぱりちっとも変わっていない。

「ごめんなさい、アルト会長。私、つい夢中になりすぎて。折角、アルト会長が観光に連れ出してくださったのに……」

私は海の底より深く反省し、謝罪したのだけど。アルト会長は不思議そうな顔をした。

「どうして謝られるのです？　サラナ様は、いつもご自分のためではなく、誰かのために働いていらっしゃるではありませんか。誇りこそすれ、謝る事など、何もありませんよ？」

「でも。折角、アルト会長が色々連れて行ってくださる約束だったのに、仕事を優先して台無しにしてしまったわ。淑女らしくないでしょう？　殿方を立てるどころか、気遣いも出来ず、生意気にも、男性みたいに仕事ばかりで」

前世でも、出世する度に、女のくせにとか言う人はいたわ。前世以上に女性に慎ましさが求められる今世では、尚更、私のような女性は受け入れられ難いだろう。

だが、アルト会長はゆっくりと首を横に振った。

「懸命に働く事に、男も女もありません。それに貴女は、共に働く者たちに、誰よりも心を砕いているではないですか。私はそんな貴女を、心から尊敬しているのです」

ニコリと微笑むアルト会長の言葉は、私の心の冷たく縮こまった部分を、温かく溶かしてくれるようだった。

「しかし。お身体に障るほどの仕事はいけません。きちんと休息を取って、身体と心を休めなくては。サラナ様は、夢中になると寝食を忘れてしまうから、心配です」

「あら。それはアルト会長の事でしょう？　時折、目の下にくっきり隈が出ていますよ？」

徹夜でお仕事してるの、知っていますからね。カイさんたちから、『今日のアルト会長』という報告を、逐一、いただいていますからね。

「おや。それではお互いに働きすぎないよう、見張らなくてはいけませんね」

「お互いに、気を付ける、ではなくてですか?」

「お互い気を付けているつもりでも、出来ていないようですから。監視の目は必要かと」

なるほど。一理あるわね。前世でも、自分ではまだイケる! と思っても、傍から見たらドクターストップ状態な同僚を、何人も見た事があるわ。

「そうねぇ、じゃあ、アルト会長が働きすぎていたら、ビシビシ注意しますからね!」

「お願いします。私も、サラナ様をずっと見ていましょう」

ふふっとアルト会長が笑う。目尻が下がって、くしゃっと笑う顔が、何だか可愛らしい。

それにしても、穏やかなアルト会長に注意されて、ましてや怒られるって、想像がつかないわね。きっと。働きすぎていたら、気付かない内に、やんわり仕事から離されそう。アルト会長って、そういう誘導が、上手いのよねぇ。

そんな事を言い合いながら、屋敷に着く頃には、楽しい王都散策を仕事で潰してしまった罪悪感は、綺麗さっぱりなくなっていたのだった。


アルト会長と共に家に戻ってすぐ、私は、伯父様とお父様と伯母様に、今回の改装計画についてお話しした。

王都観光の報告と思っていたお父様は、初めはにこやかに聞いていたけど、だんだんとそのお顔が曇り始めた。

「サラナや。君はアルト会長と遊びに出かけたと思っていたのだけど……」

「ええ！　でもとても素敵なお店なのです。このまま潰してしまうのは惜しいわ。この改装計画がダメでも、ジョアンさんたちのお料理の才能をこのままにしておくのは勿体無いです。もしダメだったら、ドヤールに来ていただいて、港町シャンジャでお店を開いたらどうかしらとお誘いしているんです。あの海鮮ドリア、至高の味でしたわ！　そこにシャンジャの新鮮な魚貝類が加われば、きっと、大繁盛間違いなしだわ！」

「なるほどねぇ。よっぽど美味しかったんだねぇ。料理上手なサラナが言うからには、間違い無いだろう。まぁ、私にはその改装計画が成功するかどうかは予想もつかないのだけど。サラナがやりたいと言うなら、止めはしないよ」

お父様は私の改装プランにピンと来なかったのか、首を傾げていたが、反対はされなかった。そろそろ私の個人資産が恐ろしい事になっているので、ここらでパーッと使いたかったから、丁度いいわよね。

本当はボリスさんとダッドさんに来ていただきたいぐらいだけど……。私は謁見の後、すぐにモリーグ村に戻るから、改装計画の主体はアルト商会王都店の皆さんが取り仕切る事になった。

そして、従業員の皆様の接客研修は、なんと、王都のドヤール邸の皆様にお願いする事に。皆様、主人がいない屋敷で力を持て余していたので、俄然、やる気に。モリーグ村のアトリエに続き、第二の研修施設誕生の予感。ほほほ。まさかね。

「それはともかく。アルト会長、ちょっといいかな」

お父様に呼ばれ、途端に、アルト会長は苦笑いを浮かべた。大人しくお父様に近寄る。

ふんふんと楽し気に横で報告を聞いていた伯父様は、何かを察知したのか、素知らぬ顔でお父様の側から退避した。普段からお父様のやんわりとしたお説教を受け続けているだけはあるわ。危機管理センサーがいい仕事しているわね。

「……どういう事かな？　聞いていたデートプランとはだいぶ違うみたいだけど」

「申し訳ありません。食事を終えるまでは、良い雰囲気でしたが。いつの間にか、サラナ様の発想力に火がついていまして」

「君、このために前倒しで仕事を終わらせたんじゃなかったっけ？」

「全くです。ですがああなったサラナ様をお止めするのは難しく」

私には聞こえない音量でぼそぼそと話すお父様とアルト会長。もしかして、遊びに行ったはずがお仕事をしてしまったから、アルト会長が叱られているの？　そういえば私、前回のシャンジャでも、仕事をしすぎだと叱られたんだったわ。これは、お小言（2時間コース）の予感。お父様！悪いのは私ですよー！

「まぁ。仕方ないわよ。サラナはセルト様に性質が似ているわ。頭はキレるのに、どうしてもこっち方面は鈍いって、昔はカーナがよく嘆いていたわよ。真面目すぎる堅物で、大変だったって。だから会長、諦めずに頑張って」

私がお父様を止める前に、ミシェル伯母様が流れるようにそんな事を仰った。珍しくお父様が狼狽える。

あら何？　スーパーパーフェクト人間なお父様に、苦手な事があるの？　伯母様、その話、詳しくっ！

「あらまぁ、ホッホッホッ。貴女がもう少し大人になったら教えてあげるわ」

なぜか真っ赤になって顔を覆っているお父様を横目に、ミシェル伯母様がふっと、吐息がもれるような笑いを浮かべる。

「お嬢ちゃんには刺激が強すぎるわ」

そう、伯母様にはあっさりとあしらわれて。

まぁ！　これが、私の目指す大人の女のあしらいってやつじゃないかしら？　なんてカッコいいの。『お嬢ちゃんには刺激が強すぎる』って、いったいお父様とお母様の間に、何があったの？

伯母様の色っぽい台詞《せりふ》に、ドギマギしちゃったわ。きゃー。

伯父様が少し離れた場所で、胸を押さえ、真っ赤になって悶えている。伯父様。この色っぽい方は、貴方の奥様ですよ。何故、貴方までドギマギしていらっしゃるのですか。

それにしても。伯母様の『あしらい』は、勉強になるわぁ。これが、大人の女ってやつよね。

いつでもたおやかで、品があって、余裕で。そして、ミステリアスな色気に満ちていて。

どうやったらあんな風に出来るようになるのかしら。弟子入り？　弟子入りしてみる？　免許皆伝まで、石にかじりついてでも師事するわよ。お願いしたら、『大人の女のあしらい方（全10回）』の講義とか、してくださるかしら。絶対、受講するわ。

結局、動揺したお父様のお小言は、呆気なく終わった。いつもより劇的に短かったのは、仕方がない事だと思うの。

崖っぷちのトーリ

学園の休日。陛下《兄》より王宮に戻るようにと命を受けた。執務室ではなく、兄の私室に呼び出された事に、嫌な予感がした。仕事の話なら、執務室に呼ぶはずだ。それなのに私室。内輪の話という事だろう。

「サラナ嬢に振られたようだな、トーリ」

顔を合わせるなり、兄にそんな事を言われ、俺は反射的に答えていた。

「いえ、そうと決まったわけでは！」

叫んだ後で、ハッと気付くと、兄は人の悪い顔でニヤニヤしていた。

「な。なぜ、ご存知なのです？」

兄にはドヤール領視察の報告をしたが、サラナ嬢の事は簡潔にしか話していない。視察後も続く文通も、学園を休んで誕生会に参加した事も、秘密にしていた。だが、兄には全てお見通しだったようだ。

「お前は隠していたつもりかも知らんが、バレバレだ。視察の報告の段階から、いつになく浮かれていたぞ。それに、女性の好みそうな装飾品を調べていただろう」

兄の言葉に、俺は頬が熱くなるのを感じた。ここ最近の自分の行動を顧みれば、思い当たる事ばかりだ。

「それほど素晴らしい令嬢か、サラナ嬢は」

「ええ。これまで会ったどの令嬢よりも聡明で、誇り高く、慈愛に満ちていて。そして……」

あの時の、サラナ嬢の諦めたような笑顔が浮かんだ。その顔に、胸が痛む。

「守ってあげたくなるような……、人です」

俺はただ素直にそう答えた。

俺の言葉に、兄はにやにや笑いを引っ込め、こほん、と一つ咳をした。

「エルスト侯爵も、サラナ嬢の事を素晴らしいご令嬢だと絶賛していた。ドヤールの片田舎に引っ込んでいるのは、もったいない逸材だとな。だが、お前と彼女との仲がこじれていないかと、心配もしていた」

「いえ！　……ただ少し、気まずくなってしまっただけで」

そうであって欲しいと、願わずにはいられない。ただ、誕生会以来、あの時の失態をサラナ嬢に何と言って謝ればいいのか分からず、あの日以降、手紙を送る事が出来なくなっていた。もちろん、サラナ嬢からの手紙も届いていない。こちらから手紙を送らなければ、返信も途切れてしまうような、そんな存在なのだ。彼女の中の、俺は。

「落ち込んでいる所に、さらに追い打ちを掛ける事になりそうだがな。ドヤール家から、お前宛てに、誕生日の贈物に対する、お返しが届いている」

「お返し……？」

なんだ、それは。誕生日の贈物に対するお返しなど、聞いた事がない。

「サラナ嬢に、随分と高価なブローチを贈ったようだな。視察先で数日すごしただけの令嬢への祝いとしては、重すぎると判断されたのだろう。お前の個人的な資産から贈ったのだから、俺が文句を言う筋合いはないが、兄として言わせてもらえば、時期尚早だ。さほど親しくもない相手から、あまりに高価すぎる贈物を受け取る事は、逆に負担だという事を、覚えておきなさい」

そして、ドヤール家から送られてきたという、お返しを見せられた。それは、ほどよい大きさの女神像だった。その優美な身体の曲線や、慈愛の溢れる表情から、さぞ名のある工房で作られた一級品であろうと、思わせるのだが……。なんというか。

「高価なブローチのお返しとして、値段的には、釣り合っているがな。何とも、無難な返しだ。貴族御用達の高級店が、客から『お返しに困っている』と相談されたら、一番に勧めてくるような品だな。それか、屋敷の新築祝いなどに贈られていそうだな。どちらにしても、色気が皆無だ。こういうものを返されるという事は、お前、ドヤール家から敬遠されているぞ」

兄に苦笑と共にそう言われ、ドヤール家の前当主の冷えた視線を思い出し、嫌な汗が背中を流れた。

「あの、トーリ様。誕生会で、サラナ様が一度退室されて、トーリ様の贈られたブローチを身に着けていらっしゃったそうですが……」

義姉が、ためらいがちに話し始める。その言葉に、俺はハッと、胸に希望が灯ったような気持ちになった。

「は、はい！　サラナ嬢が一度退室され、装いを改められた時に、確かに胸元に、俺の贈ったブローチを着けていました。だから、少しでも喜んでくださっているのではと！」

あの美しいブローチを受け取って、サラナ嬢は本当に嬉しそうだったのだ。あの可憐で可愛らしい笑みを思い出す度、胸が早鐘のように打つのだ。

俺の勢い込んでいった言葉に、義姉は、ためらうように兄を見た。

「いい。こいつにもきちんと意味を教えてやらんと。勘違いしたまま、浮かれていても困る」

義姉の視線を受け、兄が苦笑して頷く。今のやり取りからして、嫌な予感しかしない。

「その……誕生会に出席した私の友人から、お聞きしたのですけど。サラナ様が、再度、会場に入室なさった際、お誕生会で贈られた装飾品を、全て身に着けていらっしゃったとか。つまり、『皆様から贈られた装飾品は、全て気に入りました』という事を示していらっしゃるので、『トーリ様だけが特別ではない』という、意味になります……」

「は……？」

俺はサラナ嬢のあの時の装いを思い出した。確かに、俺の贈ったブローチを胸元に着けていた。そして、結い直された髪には、三連の真珠の髪飾り。あれは、当主夫人の姉から贈られたと言っていた。艶やかな黒髪に映えるその美しい海の宝石を見て、彼女には真珠も似合うと思ったのだ。

そして、腰に巻かれたサッシュリボン。鮮やかな羽で飾られたそれは、どちらかというと大人しめな彼女のドレスのアクセントになっていて、思わず目を惹かれたものだ。あれも、たしか『伯父様と伯母様からいただきました』と嬉しそうにしていた。

それ以外の招待客からの贈物は、美しい花や、高価なお菓子や文具だった。未婚の令嬢へ装飾品を贈るのは、身内や、ごく親しい者だけなのが通例だ。俺はあえて、『ごく親しい者になりたい』という意味を込めて、装飾品を贈ったのだが。

「で、では、あの、ブローチを身に着けたのは……」

「『贈物の1つとして、感謝しています』という事ですね……。いただいたものを全て身に着けても、決して華美にはならず、上品でお美しかったと、友人は褒めておりましたわ」

確かに、沢山の装飾品を身に纏っていても、少しもうるさく感じなかった。全てがサラナ嬢の美しさを引き立てていた。髪型や羽織りなどで調整したのだろうが、あれほど上手く調和させるとは。あの一瞬の退出の間、舞台裏でどれほどの苦労があったのか。

「見事なドヤール側の牽制だな。お前、歯牙にも掛けられていないぞ」

こちらを思いやって言葉を選んでくれる義姉に比べ、実の兄は容赦がない。だが、それぐらいの失態をやらかしているという事だろう。

「それと『いただいた装飾品をその場で身に着ける』という事は、男性から『装飾品を着けた貴女をお誘いしたい』というお申し出を、前もってお断りする手段です。『貴方とのデートはお断りです』という意味です」

前言撤回だ。義姉も容赦がなかった。そこまできっぱり意思表示をされるなんて、どれだけ嫌われているのだという呆れた視線が、身体に突き刺さるようだ。

俺は目の前が真っ暗になるようだった。あの誕生会で、サラナ嬢の気持ちは、はっきり示されていたということか。ああ、でも。

「諦めたくない……」

ぽつりとつぶやく俺の言葉に、兄と義姉は、顔を見合わせる。

「エルスト侯爵から、大まかな話しか聞いとらんが、お前、一体、何をやらかしたんだ？」

兄に促され、俺は途切れがちに誕生会での出来事を語った。話す間も、あの時感じた後悔が、胸を突き刺した。

全てを話し終えると、兄と義姉は「あーあ」という顔をしていた。

「うーん、普通ならなぁ。何とか挽回出来そうな気はするのだが……」

「えぇ。しかし、サラナ嬢の場合は、難しいかもしれません。ご本人様のお気持ちもありましょうが、どうしてこれほどドヤール家側の警戒心が高くなったのか、理解出来ました」

兄と義姉は頷き合い、揃って俺に同情の眼差しを向けてきた。どういう意味だ？

「俺たちにとって、お前の誕生会での言動は、単にお前がこれまで女性と真摯に向き合った事がない故、思慮が大幅に足りなかっただけで、悪気など無かったのは分かるのだがな。ドヤール家は、ゴルダ王国の二の舞になる事を恐れたのだろう」

「ゴルダ王国の、ですか？」

「あぁ。お前、彼の国でのサラナ嬢の事を、どれぐらい知っている？」

「第2王子の婚約者として『完璧な淑女』と呼ばれながらも、王子からは疎んじられ、周りからも評価されていなかったと。そして、第2王子が聖女を寵愛し、婚約破棄に……」

「それだけではない。サラナ嬢はその優秀さ故、妃教育の傍ら、王妃や王子の政務の一部を担っていたようだ」

「はっ？」

サラナ嬢は現在14歳。ゴルダ王国にいた頃はまだ13歳だ。成人もしていない、ましてやまだ王子の婚約者にすぎない令嬢が、王族の政務を担っていた？　どういう事だ？

義姉上が兄と婚約していた時、公式な夜会等で兄のパートナーを務めていたが、政務を行う事はなかった。兄の正妃として嫁ぐまでは、あくまで、一貴族家の令嬢でしかないのだから。

「サラナ嬢は語学が苦手な王妃や王子の代わりに、他国の重鎮を招いた夜会や晩餐会の通訳だけでなく、その準備も多く担っていたようだな。他国のマナーや文化に造詣が深く、来賓たちからの評判も良かった。我が国の大使も、彼の国でのサラナ嬢をよく覚えていたよ。成人前の令嬢とは思えぬほど、洗練された所作で、もてなしも完璧だったと。使用人たちや文官たちも、彼女の指示の下、素晴らしい働きをしていたそうだ」

俺は自分の13歳の頃を思い出していた。王族の一員として、政務を担うのは当然だったが、その時は必ず兄や義姉が後ろ盾となり、文官たちが手助けしてくれていた。俺の行動一つで我が国の落ち度となるかもしれないのだ。優秀な者を周りに備え、万全の体制を整えてようやく、政務に携わる事が出来たのだ。

それでも、初めの内は、成人前の未熟な俺に出来る事など、彼らの整えてくれるものを見て覚えて、必死に学ぶぐらいだったというのに。使用人たちや文官たちを、指示していただと？

「お前にはその異常さが分かるだろう。俺もこれを聞いた時は身震いがしたわ。他国の来賓を招いての正式な場を、10をいくつかすぎた、王族でもない娘が取り仕切るなど。少しでも作法を違えれば、国同士の争いの種にもなりかねん。それがどれほどの重圧か、想像に難くない」

サラナ嬢の穏やかな笑顔が思い浮かんだ。

いつもの、柔らかな笑顔で、煌《きら》びやかな夜会に一人、堂々と立っている。まだ幼いその姿が、夜会にあるだけでも異質だというのに。怖くなかったはずがない。どれほど重い責任が、その細い肩に伸し掛かっていたのか。それが理解出来ぬほど、彼女は愚かではない。

その周りには、誰か、彼女の助けとなる者はいたのだろうか。

彼女の婚約者は。王子として、真にその責務を果たすべきだった男は、彼女に寄り添っていたのか。

……寄り添っていたのなら、彼女があの国で『王子に愛されない婚約者』などと、軽んじられるはずがない。彼女は、たった一人で、立ち向かっていたのか。

「サラナ嬢は、確かに王家に嫁するに値する、逸材であろうよ。だがなぁ、もしも我が国が、彼の国と同じように、彼女の優秀さを利用しようとすれば、彼女の家族は、特に父親は、黙ってはおるまい。娘のために、爵位も領地も国も捨てる男だぞ。あっという間に国外に逃げられてしまうわ」

サラナ嬢の父、セルト・キンジェ・ラカロ。どこかサラナ嬢と似ている、柔和な笑顔が絶えぬ男だ。だが、あの笑顔の下には、強《したた》かな獣が隠れている。娘のためならば、相手が誰であろうと、狡猾に立ち回りその牙を剝くだろう。

「それになぁ。我が国の英雄バッシュ・ドヤールが殊の外、サラナ嬢を可愛がっていると聞いているぞ。その息子のジークも同様にな。トーリ。あの２人を敵に回す事は、絶対に許さんぞ。ドヤール家が万が一我が国から離反するような事があれば、我が国の戦力が半減すると思え」

ドヤール家の前当主バッシュ・ドヤール、そして現当主であるジーク・ドヤール。この２人に関していえば、ラカロ卿よりも明け透けだった。俺がサラナ嬢に近付くだけで、分かり易く敵意を漲《みなぎ》らせていた。

つまり、兄は王命で俺とサラナ嬢との縁を、無理に繋ぐ事は無いと言っているのだ。ドヤール家の離反という国の存続に関わる事と、俺の身勝手な恋心。どちらに天秤が傾くか。王ならば当然の判断だ。そして俺自身にも、王族の権威を以て、無理やりサラナ嬢に迫るような真似をするなと、釘を刺している。

俺は、頷く事しか出来なかった。どれほど俺が彼女を想っていても、それは、許されない事なのだろう。

「まぁ、それはともかくな。シャンジャの話は聞いているか？」

俺は落ち込む気持ちを押し込めて、のそのそと顔を上げた。

シャンジャで始まった画期的な輸送船。通称ルイカー船。大型船への対応策として、今一番注目を集めているものだ。輸送だけでなく、遊覧船としても素晴らしいと、早くも貴族の間で噂になっていた。領地に港を持つ貴族たちは、それこそ目の色を変えて、シャンジャに殺到しているという。

「此度のシャンジャの件だけでなく、サラナ嬢の功績は大きい。それでな、彼女に褒美を授けようと思っている」

「褒美……ですか？」

「ああ。サラナ嬢がラカロ家を継ぐことになるのなら、ラカロ男爵家の陞爵《しょうしゃく》か、それとも新たな爵位を授けるか。サラナ嬢がドヤール家との相談だな。あの家は権威に興味がないから、いつも褒美に困るんだよなぁ。爵位や領地を望んでくれれば、楽なんだがなぁ……。それとな、サラナ嬢の後ろ盾になってもいいと思っている」

「後ろ盾……」

「サラナ嬢の功績が大きい分、余計な事を考える輩が増えそうでな。国内ならば、ドヤール家に歯向かう者はそうそうおらんと思うが。彼の国では、第2王子とその妻である聖女の不仲が、日に日に深刻化しているようだ。政務をサラナ嬢に頼っていた分のしわ寄せもあるのだろう。厚顔無恥にも、サラナ嬢を返せなどと言ってくる可能性もあるからなぁ」

兄はそこで、すっとぼけた笑みを浮かべた。

「本来ならなぁ。サラナ嬢が良き伴侶を得ていれば、さすがに彼の国も、サラナ嬢を第2王子の元に嫁がせろなどと言えんだろうが。どこかに良い相手はおらんかなぁ。彼の国にも文句を言わせないような度量があり、ドヤール家にも認められ、サラナ嬢の心を掴めるような、気概のある男が」

そう言って、兄が見せてくれたのは、ドヤール家への謁見の命だった。期日は明日になっていた。

「久々の再会であろう？　このまま諦めろと言っても、お前も治まらんだろう。せいぜい、サラナ嬢の心を掴めるように、足掻《あが》いてみせよ。見事に振られたら、酔いつぶれるまで付き合ってやるわ」

兄の笑顔は、俺が当然に振られるだろうと言わんばかりの、清々しいものだった。

「……彼女の信頼は、必ず取り戻してみせます」

力は貸さないが、応援はしているという、兄なりのエールなのは理解しているが。それでもそのニヤニヤ笑いには腹は立った。

だが、そんな事よりも。久々に、サラナ嬢に会えるのだ。俺は心が、浮き立つのを感じた。

会えない日々、彼女を想わぬ日はなかった。心無い言葉で傷つけてしまい、謝罪する事も出来ず、心に大きな楔が刺さったような毎日だった。

きっと。俺の心を、余す事なく伝えることが出来れば。聡く賢いサラナ嬢は、応えてくれるだろう。

王族に嫁ぐ事は、以前のように、再び重責を担う立場になるという事だ。それを彼女に強いるのは、心苦しかった。だが。それでも、彼女と共に在りたい。彼女が弱音を吐きたいというのなら、自分は受け止められる度量もあるつもりだ。

愚かな俺は、この時まで、本気でそう思っていた。サラナ嬢の心を摑み、彼女が俺の妻になるであろうと。自分こそが、彼女の最大の理解者であり、庇護者になれると。

だが俺のそんな驕った考えは、ある男を知る事で、どれほど独りよがりなものだったかを、思い知らされる事になった。

地位も、身分も、財産も。俺は奴よりも遥かに恵まれているというのに。

彼女の幸せを願うという一点で、奴に勝つ事は出来ないのだと。俺は、思い知らされたのだった。

CHAPTER

第3章

謁見に臨みます、

サラナ・キンジェです。ごきげんよう。

Tensei shimashita, Sarana Kinje desu.
Gokigenyou.

とうとう謁見に臨みます、サラナ・キンジェです、ごきげんよう。

伯父様と伯母様に続き、お父様にエスコートされ入室した私の緊張はピークに達していた。アルト会長は別室で待機中。さすがに呼ばれてないのに謁見の間には入れませんわね。「頑張って」と小さく拳を握って応援してくださいました。あの仕草、大人のアルト会長がやると、なんだか可愛らしかったわぁ。緊張がほんの少し、和みました。

私が何故こんなに緊張しているかというと。普通はね、男爵家の令嬢に、陛下との謁見の機会なんてありませんから。陛下にお目にかかるなんて、年に1回、王家主催の夜会ぐらいよ。それも、かろうじて御尊顔が見えるかなー？　という距離でしか、お会い出来ないものなのよ。

まあ、生国では第2王子の婚約者なんてやってたから、義父になる予定だったゴルダ王国の国王陛下にはお会いした事がありましたけど。それでもお会いしたのは、婚約が決まった時と解消された時の2回だけだったわ。

私にとっての国王陛下は、運動会で開会式の挨拶と閉会式の総評にしか出番がない、校長先生並みの存在感しかなかったわよ。いや、国王陛下も校長先生も、私の知らない所で目一杯働いていたと思うけどね。それぐらい、遠い存在なんですよ。

逆に、王妃様にはよくお会いした。そして色々と仕事を押し付けられた。その仕事、貴女のですよね？　やり方が分からない？　それでよく王妃やってるな、なぁんて反論も出来ず、唯々諾々と仕事をしていた私。バイト代ぐらい、欲しかったわぁ。

それにしても、ユルク王国の謁見の間は、なんて素晴らしいのでしょう。そうねぇ、前世の体育館ぐらい？　の広さなのだけど、稀代の天才画家トーヘンが描いた天井画と壁画が圧巻！　なのよ。以前、ゴルダ王国の夜会にユルク王国の大使をお招きした時、ユルク王国の王宮はそれ自体が美術品だと自慢されていたけど、本当だったわー。そこかしこに置かれた調度品も美しく、重々しい歴史が感じられる。前世の外国の王宮みたいに、ガイドさんに案内してもらって、見学したーい。はぁぁぁ。

なんていう、脳内現実逃避をしている場合ではないわね。私の目の前に、陛下が座《おわ》すのだから。

ユルク王国第26代国王、ディードリッヒ・ユルク。御歳27歳。キリリとした眉と鋭い眼光の、威圧感のある美丈夫だ。確か10代で即位なさったと記憶しておりますが。王宮内に飾られていた即位当時の絵姿を拝見したら、瑞々しい美少年。それが十数年で貫禄と野生味を備えたイケメンに成長なさるなんて。1粒で二度美味しいじゃない。年月、いい仕事したわー。

そしてその側に寄り添うのは　メルダ・ユルク王妃陛下。確か国王陛下の2歳か3歳下で、お子様もいらっしゃると聞いていますが、サラナちゃん情報は間違っていたのかしら。あの抜けるように白いプルプルお肌は、いわゆる、赤ちゃん肌というやつではなくて？　髪も天使の輪が艶々と美しい。え？　10代じゃないの？

形式的な挨拶の後、面を上げよとの言葉に従ったら、そんな素晴らしい芸術空間とハリウッドスターばりの美男美女が目の前にいらっしゃって。ゴージャスすぎて、現実感が乏しい。緊張が変な風に飛んじゃったわぁ。つい反射的に、日本人的愛想笑いを浮かべてしまった。どこを見ても眼福でございます。えぇ。

「ほぉぉ。あれほどの功績を上げたドヤールの知恵者が、このように可憐な乙女とは」

お声もダンディな陛下の社交辞令に、私は頬を緩める。

「私、貴女の作ったニージェのオイルを愛用しているのよ。あの控えめな香り、大好きよ」

赤ちゃんプニプニ肌の王妃様から嬉しいお言葉。まぁー。是非ともニージェ商品の広告塔になっていただきたいわぁ。王家御用達がいただけたら、さらに売上がドンッ！　ですもの。後で交渉出来ないかしら。ほほほ。無理よねぇ。

「ジーク・ドヤール。此度のルイカー船の功績は、格別に素晴らしい。おかげで、昏く沈んでいた我が国の港町に、光明が見えたぞ」

「光栄にございます」

伯父様が陛下のお言葉に型通りの返事をする。緊張しているような硬い声だが、あれは単に『早く終わらねぇかな、狩りに行きてぇ』という気持ちが駄々洩れているだけだ。私の横でお父様が、小さな溜息を吐く。

「ルイカー船により、港町シャンジャの収益は、どれぐらい変わるのだ？」

「はい、それは……」

淀みなく陛下の質問に伯父様が答える。ちょっと驚くような額の経費削減に、陛下は目を見張った。

「あくまでも試算ですが、概ね、このように推移するかと」

「ほおぉ。修正後の報告を受けた時は目を疑ったが。素晴らしいな」

陛下がニヤリと笑みを浮かべる。

「そこで相談なのだがなぁ。今しばし、この知識を国内に留めておきたい所だが、難しいか？」

まぁ。そうなりますわよね。ルイカー船で削減出来る経費は大きい。ルイカー船の知識は見ればすぐに真似出来るようなものなので、ユルク王国内に留めるのは難しいと思われるだろう。

伯父様は、陛下に淡々と返した。

「ルイカー船自体の模倣を止める事は出来ないでしょう。ですが、船の形状や手綱の連結部などの特殊な部位に関しては、国内のみとの利用制限を掛け、利益登録をしております。ルイカーの調教のノウハウは、厳重に緘口令《かんこうれい》を敷いております」

当初、ルイカーに手綱を付け、威圧を使えばすぐに船を操れるかと思われていたのだが、結果、そうではなかった。

シュート君が威圧もなしにルイカー船を操れたのは、ルイカーとシュート君が友だちだったからだ。そして、あの子がいつもルイカーたちを気に掛け、世話を焼き、守っていたからだ。ルイカーたちは当たり前のように、シュート君を群れのリーダーとして認めていた。

つまり。威圧を使ってルイカーを操作する事は確かに可能だが、まずはルイカーと操者の間の信頼関係を築き、複数頭のルイカーに船を曳く事に慣れさせ、威圧で操者がリーダーシップを発揮することで、ようやく、ルイカー船として機能するのだ。

シュート君の弟子たち（全員強面のおっさん）は、子どものようにルイカーたちと共に遊び、時には威圧で群れの長たる威厳を見せ、ようやく、ルイカーたちの信頼を勝ち取ったらしい。シュート君ほどではないが、徐々にルイカー船を動かす事が出来るようになっているのだとか。

童心に帰って浜辺でルイカーたちと遊ぶ強面の男たち。結構インパクトがある風景ではないのかしら。報告では、徐々に操者を増やすため、プライベートビーチの一角を養成所にしているとあった。シャンジャの新たな恐怖スポットになってなければいいのだけど。

ここで疑問が1つ。そんな意外と操縦が難しいルイカー船を、シャンジャでお祖父様がすぐに動かせたのは何故か？

その答えは、お祖父様だったからだ。魔物に対する尋常ではない威圧《恐怖》でもって操っていたのだ。圧倒的強者を前にして、ルイカーたちは、この世に逆らってはいけないものがある事を、本能的に感じたのだろう。そういえば、シュート君の時より、とってもキビキビ動いてたわぁ。

『威圧で簡単に操れるだろう』なんていう言葉を信じてはいけなかったわ。お祖父様を、常人の範疇で考えてはダメなのよ。だって、お祖父様だもの。

現在、シャンジャではシュート君たちによって更なるルイカーの研究が進められている。そこで色々なルイカーの調教ノウハウが蓄積されているのだ。遊覧船もロダスさんを中心にどんどん改良が進んでいる。事業を始めると何故か自然と研究チームが出来上がるのよね。皆、仕事熱心よねぇ。

その研究チームからの最新の報告書には、ルイカーの調教時に子どもを担当者に混ぜると、調教の効率が上がると記されていた。ルイカー、遊び好きだからね。純粋に遊んでくれる子どもがいると、楽しくなって色々な事を覚えるらしい。俺出来るぜ！　俺出来るぜ！　と子どもと張り合う姿が目に浮かぶわー。

「ふむ。さすがドヤール家だな。余の意図を良く読み取ってくれている。此度の大型船の問題で、少々腹に据えかねた事もあったのでなぁ」

陛下はにんまりと笑っていらっしゃる。その捕食者のような目を目の当たりにして、私はぷるりと震えてしまった。

今回の大型船問題で、大きな港を有する国は、それはもう棚ぼたな利益を上げていたようで。海の流通が滞りがちになり、物資が不足し、大きく収益を落としていたユルク王国に対し、その国々が色々と強気に無茶難題を吹っ掛けて来たらしい。こちらの条件を呑まなければ、取引は打ち切っちゃうぞーみたいな感じかしら。ルイカー船で収益が元の水準に戻れば、流通も戻る。そうなれば。ほほほ。陛下の黒い笑みの意味が分かりますわよね？

それにしても。伯父様の、陛下への受け答えは完璧だ。いつもドヤール家の家令に「5分でいいから机に向かって座ってください！」と怒られている人と、同一人物とは思えない。伯父様がなぜ、このように滑らかに、領の情勢や事業の事をすらすらと話せるのか。

それは、お父様作成の、想定問答集を丸暗記しているからだ。謁見に臨むにあたり、こんな事を聞かれるのでは？　と、お父様が伯父様用と私用に作成してくださったのだけど。

私用に作られたものは、こんな事を聞かれたらこういう感じで答えなさい、みたいな粗いものだったが、伯父様用には完璧な回答案まで付いていた。さっきの『シャンジャの収益について』は、想定問答集第2問だ。回答もそのまんまでした。

伯父様用に回答案を作成したのは、伯父様ご本人に懇願されたからだ。「問答集が多すぎる！

回答を考えるなんて無理！　覚えるだけで精一杯」と泣きつかれたみたい。それを受けて、サラリと回答案を作っちゃうお父様。天才ですか。

伯母様の分？　社交に関してお父様よりレベルが高いので必要ないよとの仰せでした。くうっ、こちらもカッコいいわぁ。

現に、伯母様は先ほどから王妃様相手に、無言のままアイコンタクトで会話をしてらっしゃいます。王妃様はチラリと謁見に立ち会う人たちの1人に視線を向け、小さな溜息。それに伯母様がお澄まし顔で頷いていらっしゃる。一体何の話題なのかしら。

今回の謁見には、数人の重鎮の方々が立ち会っていらっしゃった。

まずはエルスト侯爵。宰相様ですものね。にこにこと嬉しそうにしていらっしゃいます。お久しぶりだわぁ。私が許しを得て顔を上げた時、こっそりウインクしていらっしゃいました。イケオジのウインク、ゲットですわー。

次に、騎士団長であらせられる、ラズレー伯爵。王弟殿下の第3夫人、バル・ラズレー様のお父様だ。バル様と似ているわ。筋骨隆々、目つきは鋭くてちょっと怖そうな雰囲気。宰相様とは対照的に無表情だ。

エルスト侯爵は宰相でいらっしゃるし、モーヤーンの件で関わりがあるので立ち会うのは分かるけど、どうして騎士団長様もいらっしゃるのかしら。もしや息子さんの家庭教師の件？　お宅の息子さん、うっかりミスが多いので、見直しを重視するようご注意申し上げたんですけど。ダメだったかしら。

そして。こちらは本気で疑問なのだけど。何故いらっしゃるのかしら、王弟殿下。学園は？　今日はお休みではないはずですよ。視察の責任者だったから、ドヤール家の謁見に立ち会うようにと、陛下に命じられたのかしら。お姿を拝見して、うっかりげんなりしてしまった。

多分、王妃様には私のげんなりがバレてしまったように感じたが、なんとなく「ごめんなさいねぇ」という様子で微笑んでいらっしゃったので、目礼をお返ししました。先ほど、王妃様が溜息を吐いていらっしゃったのは、王弟殿下に対してなのよねぇ。何かあったのかしら。

そんな事を考えていると、陛下のお話は、想定問答集第42問の話題になっていた。

想定問答集の精度が高すぎて、戦慄しております、サラナ・キンジェです、ごきげんよう。というか。凄すぎませんか、お父様。前世の学生時代、テストの山張りの時にいて欲しかったわ。凄い的中率。

「それはそうと、ジーク。頼みたい事があってな。学園の夏の長期休暇の間、我が弟のドヤール家への滞在を、許してくれないか」

想定問答集第42問目。王弟殿下のドヤール家長期滞在について。嘘でしょう。本当に聞かれましたわよ。想定問答集を読んだ時は、こんな事、言われるのかしらーなんて、思っていたのだけど。

「先頃の視察で、トーリはドヤール領にすっかり影響されてな。ドヤール領のように魔物が頻発する過酷な環境で、武者修行をしたいと熱望しているのよ。どうだ、引き受けてくれないだろうか」

んまぁ。理由までケース2に合致したわ。ちなみに、ケース1は「ドヤール家の事業をもっと学ぶために」だったわ。お父様ってば、分かっていたけど凄いわ。良く当たる占い師みたい。

「学園を卒業後、トーリは騎士団に籍を置き、将来は公爵となり、ユルク王国の軍事を担う事になる。そのためにも、厳しい環境で修業を積ませたいと思っているのだ」

厳しい環境。魔物が名産のド田舎モリーグ村の事かしら。確かに魔物は頻発するけど、領兵と村民総出でぼっこぼこにして瞬殺してるから、厳しい環境と言われてもピンとこないわー。そうね。外部の人からしたら、危険が多い、厳しい環境なのかしら。

陛下の言葉を、伯父様はジッと聞き入っていたが、静かに口を開いた。

「それは……。得策ではないと存じます、陛下」

「なに？」

伯父様の明確な拒否に、陛下は驚いたように声を上げた。

「トーリ様の幼い頃の剣の師は、先の騎士団長、ダロス・ラズレー殿。つまり、剣の流派はナルイー流。我がドヤール家は、流派はガイセン・ドヤールを祖とするガイセン流。まだお若き王弟殿下が、己の剣技が固まらぬまま、違う流派を学ぶ事は悪手と存じます」

私は剣の流派について詳しくはないのですけど。お祖父様や伯父様、ヒューお兄様やマーズお兄様は、魔物相手に特化したガイセン流の剣技を学んでいらっしゃる。ガイセン・ドヤールは何代か前のドヤール家の当主だったのだけど、このガイセン流を確立した事で、ドヤール家は飛躍的に強くなられたのだとか。ただし、ガイセン流は対魔物に特化した戦法である故、一般的には不意打ち、心理戦などが絡む対人戦は不得意とされている。

お祖父様たちは対人戦も強いらしいけどね。不意打ち、心理戦など仕掛けられても、それを上回る力でねじ伏せるのがコツだそうです。ほほほ。そんな事って、あるのかしら。

「そうは思われませんか、ラズレー騎士団長。もしも私の息子が、生意気にも他流で学びたいと言い出したら、私は己の未熟を知らん息子をぶん殴ると思いますが」

伯父様が騎士団長にそう振ると、騎士団長は重々しく頷いた。

「そうですな。我が息子が同じ事を言い出したら、『己の流派も身についておらぬヒヨッ子が』と、私でもぶん殴るでしょう」

騎士2人の意見に、陛下は思案するように黙り込んだ。弟に甘いという事を、婉曲的に言われても怒り出さないのは意外でした。ユルク国王はまだ若いが賢君というのは噂通りだわ。臣下の言葉にきちんと耳を傾けてくださるもの。

これが、ゴルダ王国だったら、王族に対して口答えなんて、不敬だなんだと大騒ぎですわよ。だからあの国では、王家に従順で、おべっかの上手い人が出世するのよね。それが国を衰退させている事に、王族の皆様は全く気付いていなかった。はぁ、お先真っ暗よねぇ。

「そうか……。其方らの忠告、しかと受け止めよう。余が浅慮であったようだ。トーリよ。武者修行がしたいのであれば、今年も騎士団の実地演習に参加せよ」

「……はい」

陛下の厳命に、王弟殿下がしょぼんとしていらっしゃいます。騎士としては未熟だと、間接的に叱られていますからね。

そして、追い打ちを掛けるように、騎士団長が告げる。

「騎士団の演習は、トーリ殿下にとって温く感じられていらっしゃるようだ。今年は実戦を兼ね、西の遠征で鍛錬を積むとしようか」

ドヤールとは反対の西の遠征。隣国との国境付近はドヤールほどではないにしても、魔物頻発地帯ですわね。あらら。騎士団の皆様、とばっちりですわ、お気の毒だわ。苦情は王弟殿下まで。ウチは関係ありませんよ。

「今年は魔物の討伐制限も撤廃され、我が騎士団の臨時収入も増えましょう。本当に、サラナ嬢には感謝しかない」

ん？　騎士団長が怖い顔ながらニコッと微笑んだ。あら、笑うと目尻が下がって、優しい雰囲気に。ちょっと可愛い。ギャップだわ。これはギャップ萌えというヤツじゃなくて？　それにしても、感謝とは何の事かしら。

「サラナ嬢がクズ魔石の使用方法を示してくださったおかげで、これまで魔石の集積場の関係で、魔物の討伐数が制限されていたのが、撤廃されたのだ。田畑や人に害を為す魔物だから討伐するというのに、文官たちは魔石の集積には金が掛かるから制限しろなどと言う」

忌々しそうに、騎士団長は吐き捨てるように仰った。

「奴らの言い分も分からんではないが。我らに民の命や生活を守るなと言うのかと、毎回喧嘩になっていたのだ。それが、今やクズ魔石は魔道具に使用されるからと、そこそこの値段で引き取ってもらえるようになった。魔石の引き取りのおかげで、騎士団の収入も増え、騎士たちの士気も上がった。今回私がこの場に同席させていただいたのも、その礼を是非伝えたくてな」

あらー。それは。大変でしたのねぇ、騎士団長。まさかクズ魔石の産廃問題が、騎士団にまで関わっていたなんて知らなかったわ。アルト商会で扱う魔道具、爆発的に増えてますものね。私も、ついつい前世の便利な生活が恋しくて、色々お願いして作ってもらっていますから。

最近作ったのは、ヘアアイロン。魔石内蔵型なのでコードレスよ。もう、侍女さんたちが狂喜乱舞してましたよ。きゃー、可愛いー、髪の毛クルクルふわふわになるーって。色んなヘアアレンジが流行りそうよねー。あ。ヘアアクセサリーも色々作ってみようかしら。帰ったら伯母様とお母様に相談しましょう、そうしましょう。

私が脳内で新しい商品にワクワクしていたら。

すっと、騎士団長が居住まいを正した。

「これで何に縛られる事なく、民の命と生活を守る事が出来る。騎士団を代表して感謝する、サラナ嬢」

貫禄のある、騎士の礼で謝意を伝えてくださる騎士団長。

その凛々しくも美しい礼に、私はほうっと見惚れてしまった。

きっかけは、あったら便利だわーと思って作った色々な魔道具。クズ魔石の産廃問題の解決になったのは、単なる偶然だった。

それでも、そんな風に感謝されると、嬉しくなってしまう。

私は騎士団長へ向かって、そっと膝を落とした。

「身に余る光栄ですわ、ラズレー騎士団長。どうか騎士団の皆様が、ご無事でご使命を全うされる事をお祈り申し上げますわ」

お祖父様や伯父様、お兄様たちが戦う姿を見ているから知っている。魔物という脅威に立ち向かう騎士という仕事は、全ての瞬間が命懸けだ。

そんな騎士たちの憂いをほんの少しでも取り除けたのなら。厳しい討伐に少しは貢献出来ているのなら。こんなに嬉しい事はない。

「そして騎士団の皆様に感謝と敬意を。私のような無力な民が、安全に生活出来るのは、皆様のお力があっての事でございますから」

美しい礼には、心を動かす力がある。

生国での、マナーの先生方の言葉が脳裏を過《よ》ぎる。

姿勢や手足の先まで。気を張り詰める。

敬愛する相手への真心を、全て伝えられるように。

私が、先ほどの騎士団長の礼に、喜びを覚えたように。

私の礼も、騎士団長に感謝を届けてくれるだろうか。

ほうっと、息を呑むような声が漏れた。

十分に時間をおいて顔を上げると、満面の笑みを浮かべる騎士団長が。あら。怖いお顔が綻ぶと、とってもキュートだわ。

「……我が最愛の妻がいなければ、愛を乞うために、膝をつく所であった」

お腹に響くような声で、なんて事を仰るのでしょうか、騎士団長。

「ま、まぁ……。私のような者より、是非、奥様に愛を捧げてくださいませ」

「無論だ、驚かせて済まぬ。余りに美しい礼だったのでな。ふむ、凛とした顔も美しかったが、照れた顔はまた可愛らしいな」

動揺して、思わず赤くなった頬を両手で隠してそう返すと。騎士団長が再び恥ずかしい事を仰る。もうヤメテホシイワ。気難しそうな印象だったのに、タラシなのかしら、この人。

「私の大事な姪を、口説くのは止めてもらおう！」

伯父様にぐいと引き寄せられ、伯母様の後ろに隠されました。ガルルルルと歯をむき出して、騎士団長を威嚇している。伯父様ー。あれは騎士団長の社交辞令ですよ。ご心配なさらないで。

「不躾だったな、謝罪しよう。素晴らしい令嬢だな。是非、我が息子との縁を望みたくなった」

伯父様の威嚇などものともせず、騎士団長はシレッと恐ろしい事を仰った。

あらあら、息子さんはダメですよー。ほら、王弟殿下が、怒りが爆発しそうなお顔をなさっていらっしゃいますから。今にも斬りかかりそうじゃないですか！

それにしても、王弟殿下があんなに怒るなんて。もしかして、第3夫人《バル様》、寵愛ランキングの順位が繰り上がっているのかしら。大変！　ランキングの見直しが必要だわ。ドヤールに帰ったら侍女さんたちに報告しなくちゃ！

「ラズレー。生真面目なお前がご令嬢を揶揄うなど、珍しい事もあるものだ……。まぁそれぐらい、サラナ嬢の事を気に入ったという事であろうが、それぐらいにしておけ」

陛下が苦笑しながら、目線で王弟殿下を諫めている。

あら？　王弟殿下のお怒りの理由を分かっていらっしゃるという事は。もしかして、陛下は多様な愛の容認派でいらっしゃるのかしら。王弟殿下とバル様の仲を認めていらっしゃる？

だとしたら、良かったですわねぇ、王弟殿下！　こういう事に家族の理解があるって、きっと、心強いもの。

「ラズレーの気持ちも分からんでもない。これほどまでに聡明で魅力的であれば、サラナ嬢の縁談なども、降るように舞い込んでいるであろうな、ジークよ」

「……そのような話も、無い事はございませんな」

陛下のさり気無い言葉に、伯父様の警戒度が一気に上昇した。あ、ちょっと。なんだかどす黒いものが、伯父様から漏れ出ているような？　伯母様がポンポンと伯父様の腕を叩き、振り向いた伯父様に小さく首を振る。どうどう、落ち着きなさーいと言ってらっしゃいます。

あらー、嫌な流れだわ。

お父様が一番懸念していた事。それは、私の縁談についてだ。

ユルク王家ぐらいにもなると、私の前の婚約解消理由が捏造である事ぐらい、摑んでいるだろうと。

そして、色々と有益な事業を持つ私を、国に縛り付けるために、どこぞの貴族家と縁組させようと動くかもしれないと。

あぁぁぁ。調子に乗って利益登録を増やし、うっかり小金持ちになってしまった私のバカ。どうしてこう、ほどほどに働くという事が出来ないのかしら。悪い癖よー。前世でも『仕事も遊びも全力で！』がモットーだったから、全力で遊んでうっかり旅先で迷惑を掛け倒して死んじゃったし。

嫌だわぁ。部下には『失敗を次に活かせ』とドヤ顔で説教してたのに。『お前がな！』という部下たちの総ツッコミが、時空を超えて聞こえてくるようだわぁ。

こういう流れを想定して、ドヤール家では私の縁談話を最大級に警戒していた。何度も対応策について、話し合いを重ねていたのだけど。

老獪《ろうかい》な商人のように、読めない顔で笑う陛下に、勝つ事が出来るのかしら。


話題が怪しい雰囲気になってきました、逃げ出したい今日この頃のサラナ・キンジェです、ごきげんよう。

もちろん、この国の最高権力者の御前から逃げ出すなんて、出来ませんが。

ああー。このなんとも嫌な空気。親戚の集まりで『お前はまだ結婚しないのか』という話題が出た時に似ているわ。あれ、本当に嫌だったのよねー。

独り者が親戚の集まりに参加するなんて、ハゲ鷹の巣に飛び込むようなものだ。和気あいあいだったのが、私が顔を出した途端、『獲物が来たぞ』いう雰囲気になるんだもの。酔ったオッサンたちに『女の幸せは結婚してこそ』と気持ち良さげに演説され、オバサマたちから口々に『若い内に子どもを産まないと大変よ〜』と諭され、子連れの若夫婦から、『子どもって大変だけど可愛いですよ〜』と無邪気にマウントを取られる。悪気は無いかもしれないけど、無神経にズカズカと他人のプライベートを踏み荒らすなんて、たとえ親戚でもルール違反だと思うの。

アレを躱《かわ》すコツは、若い時はニコニコ『仕事を覚えるのに必死で〜』と逃げ、ある程度の年齢になったらニコニコ『仕事が忙しくて〜』で逃げ、最終的にはニコニコ『仕事で責任ある地位を任されたので〜』で逃げるの三段活用だったわ。

貴方たちは可愛い子どもや孫がいてハッピー、私は高給取りのお一人様で自由を満喫出来てハッピー。お互い幸せなのに、何故結婚していないというだけで、上から目線でお説教されなくてはいけないのかしら。しつこい親戚にはうっかり『その年収で、老後と教育費大丈夫ですか？』と角が立たないように喧嘩売って黙らせたものよ、おほほほほ。

そんな前世の殺伐とした回想のせいで、私が一人、戦闘態勢になっていると。

伯父様と伯母様が私の一歩前で守るように堂々と立ち、お父様が私の横で頼もしく頷く。あら。なんて安心感。

今世はつくづく恵まれているわね。こんなにも心強い味方《家族》がいるのだもの。

前世では私の仕送りで潤っていたはずの家族ですら、私の生き方を認めず、親戚たちと一緒になって責めて来たのに。あの頃は見渡す限り敵ばかり、孤軍奮闘だったわねぇ。

「まだサラナは成人前ですので、その辺はゆっくりと考えたいと思っております」

私の縁談の事なので、陛下の許しを得て、お父様が口を開いた。

「ふむ。だが、成人前でも将来の相手を決める者も多いぞ。悠長にしていたら、良い相手を逃がすかもしれん」

陛下のお言葉に、お父様はニコリと微笑んだ。

「左様でございますね。ですが、焦って下手な相手を選んでしまっては元も子もございません。娘は一度婚約を解消された身。前はそれを理由に、『傷物を貰ってやろう』などと言う輩が多く、その心無い言葉で娘はさらに傷付けられました。だから私は、煩わしい柵《しがらみ》から逃れるために、家族を連れ爵位も領地も捨ててこの国に参ったのです」

相手有責の婚約解消だったし、前世日本人の感覚では、『なんで婚約解消になったぐらいで、バカにされなきゃいけないの？　お前の嫁になるぐらいなら、一生お一人様上等よ』という気持ちだったのだけど。この世界の貴族女性にとって、良い所にお嫁に行くって、一種のステータスだものねぇ。王子に婚約解消されるって、それこそ貴族女性としての価値が、頂点から底辺へ落ちるようなモノだから。どんなに低い条件の縁談にでも縋り付いてくるだろうと、舐められるのよねぇ。

「私のした事は貴族としての責任を放棄する事で、決して褒められた事ではありません。しかし、あのまま国に残れば、娘をさらに不幸にする事は明白でした。幸いにも義兄の温情でこの国に移住する事が出来、再び貴族の末席に加えていただけましたが」

お父様はじっと陛下を見つめて、はっきりと言い切った。

「それにより娘がまた理不尽な目に遭うならば、私はいつでも爵位を返上して、気軽な身分に戻りたいと存じます」

　その言葉に、皆が押し黙った。

　お、お父様？　それはちょっと、マズいんじゃないかしら？　この国のトップの前で、爵位なんか要らないぜ！　なんて宣言するのは、下手したら不敬罪っ……。家族ラブなのは分かりますが、そういう事は、思っていても言っちゃダメなやつです。

　しかし、伯父様も伯母様も、涼しい顔して頷いていらっしゃいます。あら？　焦っているのは私だけなの？

「はっはっは！」

　そして怒り出すと思った陛下は、爆笑していた。

「大人しげな顔をして、中々、我の強い男よ」

　陛下は機嫌を損ねるどころか、何だか楽しそう。

「恐れ入ります。義父や義兄より、陛下にはコソコソと根回しするよりも、正面から本音をぶつけた方が、話が早いと教えていただきました」

　お父様が澄ました顔でそう仰ると、陛下はさらに爆笑した。笑い上戸なのかしら。

「あっはっはっ！　違うぞ、ラカロよ。ドヤール家の男どもは誰に対しても、正面からしかぶつからん。此奴等に根回しなど細かい芸当が出来るものか」

　確かにっ！　って声に出そうになって、慌てて扇子で口元を隠して誤魔化しました。伯母様も王妃様も同じく扇子で隠していらっしゃいます。ウフフ、扇子って表情を隠せて便利ですわよね。

「そう、構えるな、ラカロ。余はサラナ嬢に、望まぬ縁談など命じるつもりはない。その逆だ。もしも面倒な縁談を押し付けられそうになったら、余に申せ。力になろう」

陛下の思い掛け無いお言葉に、私たちは驚いた。てっきり、どこぞの貴族家に嫁に行けーとか言われると思っていましたから。

その時はどうするつもりだったかって？　いくつか対抗策は考えてありました。

まず第1に、お祖父様と伯父様が、急病のため、もう魔物の討伐は出来ませんと、分かり易いボイコット作戦で王家を揺さぶると仰っていました。力業ですが、お祖父様はこの国の英雄。未だにその名声は根強く、魔物のみならず、存在するだけで周辺国への牽制になるという規格外の存在だ。そのお祖父様を筆頭とするドヤール家が討伐ボイコットなんて、王家に翻意があるとも思われる行動を取れば、国を揺るがす大事となるので、賢明な陛下は引くだろうと仰っていました。どこまでも力業ですが、ドヤール家らしいやり方よねぇ。

そして第2に。私の持つ利益登録。これは商業ギルドで正式に認められたもの。商業ギルドは各国にまたがる商人のギルド組織で、王家からは独立した組織だ。商業ギルドの利益登録は、例え一国の王でもどうこう出来るものではない。

つまりどういう事かというと。私がユルク王国に対して、私が利益登録した商品は卸しませんと宣言すると、それが叶うという事。開発した魔道具や化粧品や大きなものではルイカー船が、ユルク王国では製造出来なくなるのだ。今の所、魔道具と化粧品はアルト商会で専売、羽毛布団やモーヤーンの毛織物、ルイカー船については、国内において、私の許諾があり、使用料を払えば誰でも製造出来るようになっている。

　無理な縁談を勧められたら、これで対抗しようというのがお父様の案。「当たり前のように享受していた安全と、便利な生活がなくなるのは、誰にとっても痛手になる。魔道具やルイカー船で他国に優位に立てる機会を逃すのは得策でないと、きっと陛下も分かってくださるよ」と微笑んでいらっしゃいました。ソウデスワネ。オトウサマノオッシャルトオリ。怖いわぁ。

　そんな策を持って、徹底抗戦するぞ！　という気持ちでこの会見に臨んだのですが。思ってもいなかった陛下のお言葉に、完全に肩透かしを食らってしまった。

「余はな、我が国に力を尽くす臣下を大事にしたいのだ。貴族の婚姻は政略の絡むものだ。気が合わぬ相手でも、国のため、家のために従わねばならない場合もある。だがなぁ、気が合わぬからと言って、政略の絡む相手を粗雑に扱うなど、許される事ではない。愛する事は出来ないかもしれん。だが、相手の家が自分より格下だとしても、伴侶となるべき相手を敬う事は、最低限必要だろう」

　ニヤリと、陛下は凄みのある笑みを浮かべた。

「どこの国とは言わんが、余は王族でありながら、身勝手な理由で婚約を解消し、尚且つ相手に非があるように触れ回るような奴らは、気に食わん。国を預かる身でありながら、身近な者すら蔑ろにする輩など、到底、信用出来んわ。だからな、万が一、どこかの国が余の国の貴族に無茶な要求をした時は、それ相応の対応をしようと思っている」

　笑顔の圧が。圧が凄い。この人には逆らっちゃダメと本能が叫んでいるわ。

それにしても、どこの国とは言わんがって、ボカシているようで全くボカされていないですよ。陛下。ゴルダ王国より、ユルク王国の方が、遥かに国力は上だもの。相応の対応をされて、勝ち目なんてないわ。

「だからな。そう意固地にならず、気楽に構えよ。今日の謁見も、其方らに褒美を与えたくて呼んだのだ。横道にだいぶに逸れたがな……」

陛下は僅かに姿勢を正した。その瞬間。全てを従わせるような、王者の威厳が漂う。

「此度のルイカー船の功績により、セルト・キンジェ・ラカロを、子爵とする」

「……っ」

お父様が思わず息を呑んだ。

私も驚いて、口をぽかんと開けてしまった。

だってねぇ。陞爵って、功績を上げた貴族家に与えられる栄誉なのよ。特にその陞爵を受けた当主は、陛下の覚えもめでたいという事で。つい今しがた、陛下の御威光に逆らうように爵位の返上を口にした相手に、普通は授けませんって。

陛下は砕けた雰囲気に戻り、ふんと鼻を鳴らした。

「ドヤール家の長年の功績を考えても、これは妥当な褒美よ。そもそもお前ら《ドヤール家》が、面倒だからと出世から逃げ回っているから、そのツケがラカロ卿に回ってきたのよ。これほどの功績を上げる家を差し置いて、他家に褒美を与える事は出来ん。何事にも、バランスというものがあるからな。それに、ルイカー船だけではない。他家からの推挙も多くてな。ラカロ卿が男爵位のままというのは相応ではないと」

陛下が視線を向けた先には。宰相閣下と騎士団長が。なるほど、お2人はラカロ家陸爵の推薦人でいらっしゃいましたか。

「余も色々と考えたのだぞ？　陸爵ならばラカロ家にはドヤールだけでなく、余の後ろ盾もあると知らしめることになる。ラカロ卿の気に入らぬ煩わしい縁談などは、余の名を出して断っても構わんぞ」

『名を出しても構わん』で、これ以上の最強のカードがあるのでしょうか。ユルク国王の後ろ盾をいただいちゃったわよ。

余りの事にぽーっとしている私たちに、陛下は悪戯が成功したような顔をしていた。

「余はな。成果を出す臣下に報いるべきだと考える。恩義は、無理強いした婚姻などよりも、強い縁《えにし》になろう」

この方が、若くして賢王と呼ばれる理由が理解出来たわ。お祖父様や、伯父様が、真正面からぶつかってみよと仰った意味も。

色々勘繰って、小細工するより。率直にお話しした方が伝わるって事なのねぇ。

「陸爵に伴う報奨は追って沙汰を出すがな。一つ、聞いても良いか？」

「は、はい」

衝撃から立ち直ったお父様が、少し慌てた声で答える。

「サラナ嬢の結婚相手について。どのような者をと考えているのだ？」

「は……」

虚を衝かれたように、お父様は瞠目したけれど。陛下の目が、純粋な好奇心で溢れているのを見て、渋々と答えた。

「サラナが望む者をと、考えています。この子が選んだ相手ならば、多少の身分の違いも気にはしません」

「ほう」

お父様の答えに、陛下が意外そうな声を上げる。普通の貴族令嬢ならば、親が結婚相手を選ぶのは当たり前ですからね。お父様とお母様のように、学園で出会って恋に落ちて結婚を許されるというパターンは珍しいのです。お父様とお母様に少し教えていただいたところによると、お母さまの一目惚れから始まり、ドヤール家の娘らしい、怒濤の攻めだったらしいですけど。どうやって攻めたのかは、帰ってからお母様に伝授してもらいなさいと言われました。伝授？

「それではサラナ嬢は、どのような相手を伴侶に選ぶのかな？」

陛下が優しく笑ってナチュラルに聞いてきます。おおう。前世だったら上司のこんな発言は「陛下。セクハラですぅ」で躱せましたが。陛下といえば国のトップ。セクハラしても許されちゃう身分の人です。あらまぁ。答えなくてはいけませんよねぇ。

どのような相手をなんて。お一人様街道まっしぐらのつもりなので、考えた事もなかったわぁ。

「まぁ……、結婚相手なんて、考えた事もございませんわ」

「ふむ。だが、好ましい男の傾向ぐらいはあるだろう。ほれ、男らしい強い騎士で身分が高く、顔の綺麗な年頃の釣り合う男が良いとか」

「はぁ……」

なんだか陛下の仰るタイプが、やたらと具体的ですが。王妃様や宰相、騎士団長も興味津々といった様子でこちらを見ていらっしゃるし、王弟殿下まで期待の籠った目を向けていらっしゃるけど。王弟殿下ってば、女性には興味がないのに、恋愛話には興味があるのかしら。若いわねぇ。

それにしても好きな男性のタイプ。どんな男性が好きかと言われれば、それは、もちろん。

「お祖父様……」

「は？」

ぽつりと零れ出た言葉に、陛下が目を丸くする。

「お祖父様とは、バッシュの事か？」

「はい。それに、伯父様や、お父様……」

自然と頬が緩んでしまう。私の周りの男性って、ものすごくレベルが高いので。私、目が肥えちゃっているんですよねぇ。

いっその事、全ての理想を積み込んでみようかしら。

「そうですねぇ。お祖父様のように度量が広くて、伯父様のように頼りがいがあって、お父様のように優しくて聡明な男性が好ましいですわ」

祖父コン、伯父コン、ファザコンをこじらせているのは自覚していますよ。

「ぶっ！　ぶっふっふ。そこは、バ、バッシュのように強い男とは言わないのか？　奴ほど逞しく強い男はおらんだろう?」

陛下が面白そうにそう聞いてきますが。何を仰っているのでしょう、この方。

「まぁ陛下。そんな事を望んでいたら、私、一生お嫁には行けませんわ」

お祖父様のような強さを他人に求めるなんて、非現実的な事はいたしません。それを理想に加えてしまっては、一生独り身を貫く覚悟だとバレてしまうではありませんか。

陛下から本日一番の爆笑をいただきました。他の立ち会いの皆様は微妙な顔をなさっているのに、一体何がそんなに面白かったのかしら。

「ラカロ卿。ふははっ、これは、可愛い娘を持ったものだ。手放し難いであろう」

陛下が笑いながら仰るのに、お父様は溜息交じりに答えた。

「ええ。特に義父は、目に入れても痛くないほどの可愛がりようで。片時も側から離しません」

「あのバッシュがなぁ。だが気持ちは分かる。もしも余に娘がいて、先ほどのような事を言われたら、望むもの全てを与えてしまいたくなるわ」

そんなに変だったのかしら。私は素直に理想の男性のタイプを語っただけですけど。

「サラナ嬢の選ぶ伴侶は、それほどまでに出来た男という事か。いつの日か、サラナ嬢が選ぶ男に会ってみたいものよ。楽しみだ」

そんな上機嫌な陛下のお言葉で、長い謁見はようやく終わったのだった。

一難去ってまた一難。そろそろお祓いにでも行った方がいいのかしらと思案中です。サラナ・キンジェです、ごきげんよう。

今年って厄年だったかしら？　あら、厄年って前世も通算すべき？　神社は無いから、厄払いは教会でやってもらうべきなのかしら。こちらの教会にはお札じゃなくて、神様や可愛い精霊の絵姿とかが売ってるのよねぇ。でも厄払いに効くかしら。応急措置として、塩を振り撒いてお清めしようかしら。

謁見の間を退室した私たちを、まずエルスト宰相様が呼び止めて。どうやら、お父様謹製の報告書類の書式について、是非とも他領でも採用したいとのご相談のようです。書類は作る方も大変ですが、受け取って精査する方も、書類が分かりづらいと大変なようです。提出する書類や作成する人ごとに書式がばらばらだと、官僚が何人いても足りないが、ドヤール領の書類は誰が見ても分かり易いのだとか。文字を読むのが嫌いな伯父様も絶賛する、お父様の資料作成能力。分かり易い資料の作り方講座を開催したら、一儲け出来るんじゃないかしら。

次に伯父様が騎士団長に捕まりました。あまり王都に来ない伯父様と手合わせがしたいらしい騎士団長。今回は無理でも、是非、次回は！　と懇願されています。寡黙で控えめな方と噂の騎士団長が子どもみたいに目をキラキラさせている。ギャップ萌えは継続中。

そして伯母様も、王妃様の侍女にお呼び出しを受けていました。「ニージェ製品の件かしら？新製品が出たらすぐに試したいって前からお願いされていたの」と含み笑い。私は伯母様に付いて行こうとしたら別の侍女さんに「お嬢様にお茶と軽食をご用意いたしました」と案内されて。伯母様には心配そうな顔をされましたが、大丈夫ですよと頷きました。もしかしたら王妃様のお話は余人を入れたくないかもしれませんし。

気が付けば、案内されたのは風が通る気持ちいいガゼボで。

キラキラ笑顔で待っていた王弟殿下とその側近《夫人》たち《たち》とのお茶会スタート。お茶と軽食の準備がされていると聞いていましたが、この方たちがセットなんて、聞いてないわー。単品でお願いします。

「久しいな、サラナ嬢」

何やら緊張した笑顔の王弟殿下。

「い、忙しくて、手紙が滞ってしまった。許して欲しい」

そういえば。王弟殿下からのお手紙、シャンジャに行く前から途絶えてましたわね。旅行準備でバタバタしていたから、忘れてたわ。まぁ、届いたとしても、どんよりした気持ちになったでしょうから、来なくてラッキーかもしれないわね。

「私もシャンジャの件で取り込んでおりましたから……。お忙しいのなら、お気になさらず。ドヤールの事業については、伯父が報告書を毎月王宮に上げておりますので、そちらをご利用くださいな」

別に義務でもないのだから、忙しいならわざわざ手紙を送らなくても、業務報告を読んでくださいな。いつまでも、伯父様への熱い想いを代理の私にぶつけられても困ります。

「いやっ！　やはり、現場の生の声を聞きたいのだ！　それに、君との手紙のやり取りは、楽しいから！」

いつもは偉そうな……いえ、大変気高くいらっしゃる王弟殿下が、今日は何故かお祖父様ばりの子犬顔。どうしたのかしら？　王宮ではギャップ萌えが流行しているの？

「まぁ、私の拙い手紙で、王弟殿下の無聊をお慰め出来るのでしたら、ご協力いたしますけど……」

そして子犬顔に弱い私は、そう言わざるを得ず。

「良かった！　また、すぐに手紙を書く！」

一転、王弟殿下のお顔が晴れる。耳がキュピーンと立って、尻尾をブンブン振るワンコがいるわ。

ご夫人たちが小さくガッツポーズをしています。どうしたの？

「今日の装いは、いつもと雰囲気が違うが、美しいな……」

目元を赤らめた王弟殿下に、装いを褒められた。側近の皆様も口々に褒めてくださる。

お誕生会の時も思ったけど、この人たちがご令嬢を誉めるなんて。初対面の時の、睨まれたり牽制されたりといった対応を思えば、すごい変化よねぇ。皆様、思春期が終わったのかしら。丸くなったわぁ。

そこからは近況などの報告をして、和やかにすごしていたのだけど。思っていた以上にどんよりした気持ちにはならず。

案ずるより産むが易しっていうけど、本当ね。王弟殿下に対して、構えすぎていたかしらと拍子抜けするぐらい、穏やかなお茶会だった。

そろそろお父様たちのお話も終わる頃かしら？　と、席を立つタイミングを見計らっていたら。

「サラナ嬢は、もう帰ってしまうのか？　次はいつ王都に来る？　その時は私が王都を案内しよう」

お話ししているうちに、すっかり元気を取り戻した王弟殿下は、いつもの偉そうな……、いえ、気高いご様子に戻られて。そして、なんとも有難迷惑な事を言い出した。

「あいにくと予定はありませんわ。しばくはドヤール領におりますので……」

「次の長期休暇は、遠征になってしまったのだ。せめてその前に、ゆっくり話をしたい。どうにか時間を作る事は出来ないか?」

えー。長期休暇の遠征は、自業自得ではありませんか。巻き込まれた騎士の皆様に謝ってきなさいな。

それに、目的は私《目くらまし》ではなく、伯父様《本命》なんでしょう。伯父様は時々お仕事で王都にいらっしゃるので、出待ちでもしてみたら如何でしょうか。

「私一人で決められる事ではありませんし……」

「王都には楽しい所が沢山あるんだ！　君が興味を持ちそうなものも沢山ある。きっと気に入って、ドヤールになど戻りたくなくなるぞ」

王弟殿下の言葉に、カチンときた。ちょっと。癒しのド田舎であるドヤールを馬鹿にしないでいただけますか。なんなのこの人。ドヤールラブな私に喧嘩を売っているのかしら。受けて立つわよ。

確かに王都は享楽的で、刺激的な場所でしょうけど。現代日本の大都会に比べれば、楽しさの次元が違うんだから。むしろ、都会に疲れたお一人様には、ドヤールぐらい自然が多くてのんびりしている所が、逆に新鮮なんだからね。

それに、王弟殿下に王都案内をしてもらうなんて、気を遣うのは絶対にこっちじゃない。遊びじゃなくて接待のために、好きでもない王都に来なきゃいけないなんて、嫌だわー。

「それは良い考えですね。サラナ様のご都合の良い時をお聞かせ願えれば、スケジュールの調整をいたしましょう」

「そうだな。トーリ様は王都にとてもお詳しい。サラナ嬢のためなら喜んで時間を作られるさ。遠慮せずにトーリ様と出掛けられたらいい！」

「あぁ！　トーリ様はお忙しいが、サラナ嬢のためなら喜んで時間を作られるだろう」

　ここぞとばかりにエルスト《第1夫人》様とメッツ《第2夫人》様とバル《第3夫人》様が、王弟殿下の案内を勧めてくるけど。そういえば、夫人の序列に変動があったのかしら。誰が第1で、第2で、第3なの？　なんて、余計な事はともかく。これは、あれよね。王弟殿下のお忙しさをアピールしているのだから、婉曲に断れと言っているのよね？　私に時間を使うぐらいなら、もっと俺たちとすごして欲しいという夫人たちの心の叫びが、私の耳にはしっかりと聞こえました。

「まぁ……。それほどお忙しいのなら、やはり、私などのためになど、お時間を作っていただくなんて、申し訳ないわ」

　ニッコニコでオーダー通りお断りしました！　ほほほ、今日もサラナちゃんの名推理は冴え渡っているわ。

「いや、違う、そうじゃなくて」

「本日もこれぐらいで。お忙しい王弟殿下のお邪魔をしては申し訳ないですから……」

　オッケー。これで自然にこの場を辞して。あとは別室待機中のアルト会長に合流しましょう。そうしましょう。

「待ってくれ、サラナ嬢！　ちゃんと私の話を聞いて欲しい！」

急に焦り出した王弟殿下に、ガシッと右腕を掴まれる。手加減なしのその力に、手袋越しに骨が軋むような痛みを感じる。

だから、痛いってば！　なんでこの人、いつも力一杯、腕を握るのよ。

だが、淑女たるもの、痛いだなんて口にも表情にも出さないで。慌てず、冷静に対処しなくては。くそー。でも痛いわ。

何やら必死に王都の楽しさを語る王弟殿下は、私の腕が軋んでいることに、全く気付いていない。恋人たちに人気の噴水広場なんて、どうでも良いわ。

「サラナ様？」

話し続ける王弟殿下の言葉を遮るのは不敬なので、腕を離せと言うタイミングを見計らっていると、そこに救いのヒーローが現れた。

アルト会長、なんていい所に！　助けてくださいませー。私の華奢な腕が脳筋に粉砕されそうなのー。

なんて、口には出せません。アルト会長が王弟殿下をお諌めなんてしたら、不敬罪よ、不敬罪。アルト会長は揉めている私たちの元へ、早足に近付いてくる。そして、腕を掴まれている私を見て、目を見開いた。

「うん？　お前は、視察の時に会ったな。アルト商会の……」

「アルト商会の代表を務めております、アルト・サースです。王弟殿下に覚えていていただき、光栄です」

アルト会長が美しい所作で礼をする。そんな丁寧なアルト会長を追い払うように、王弟殿下は口調を冷たくする。

「今はサラナ嬢と話している最中だ。後にしてくれ」

「お邪魔をする気はございません。ですが、私の不始末を早急にサラナ様にお詫びしたく」

「不始末？」

アルト会長が全身で申し訳ないといった様子で、私に真摯に頭を下げる。

「申し訳ありません、サラナ様。我が商会でご用意した手袋に、綻びが……」

「え？」

アルト会長の言葉に、私は手袋に目を落とす。肘まである長手袋だが、あら、手袋の刺繍部分が、ほんの少し、ヨレちゃっているわね。でもこれ、どこぞの脳筋が力任せに握ったせいだと思うの。謁見前に着けた時は、こんなヨレはなかったもの。

どこぞの脳筋も気付いたのか、パッと手を離す。気まずそうに、自分の手と私の手袋を見比べていた。

「陛下へのお披露目という晴れの場で、このような失態。何とお詫びしたらよいのか……」

アルト会長の手が、解放された私の手を下から支え、手袋をマジマジと見ている。そして慌てたように、私の手を放した。

「申し訳ありません、サラナ様。急に触れてしまって！　お手を痛めてはいらっしゃいませんか？」

え？　手ですか？　アルト会長の、まるでガラス細工を扱うような繊細な触れ方に、どうしたら手を痛められるっていうのかしら。

「あら、大丈夫よ、これぐらいは」

「いいえ、女性に触れるなど不躾な上に、力任せに触れるなど。許される事ではありません」

アルト会長が深く頭を下げる。

その後ろで、オロオロする王弟殿下。

あぁ、なるほど。アルト会長ってば、素敵。なんて的確な教育的指導かしら。

「……そうね。少し痛かったわ」

小声でそう囁くと、ほんの僅か、アルト会長の肩がぴくりと揺れる。ご自分の方が、どこか傷めたような顔をなさって、チラリと後方に走らせた視線は、恐ろしいほど冷ややかで。

その視線の先には、王弟殿下が自分の手と私を見比べながら、青褪めていた。

「……本当に、申し訳ありません。何の償いにもなりませんが、代わりの手袋をご準備させてください」

「……そ、それは、俺が！」

王弟殿下が声を上げるが、アルト会長は、彼にしては珍しく、強い声で告げた。

「いいえ。これは私の落ち度です。王弟殿下に償っていただく謂れはございません」

アルト会長の毅然とした拒否に、王弟殿下が息を呑む。

強いわ、アルト会長。そして怖い。いつもニコニコ穏やかな分、怒ると凄く怖いっ！　温和な人を怒らせてはいけないって、こちらの世界でも共通なのね！

「サラナ。探したよ。おや、王弟殿下と皆様もお揃いで。どうかなさいましたか？」

そこへ、怒らせたらイケナイ温和な人ナンバーワンのお声がしました。ええ。お父様ですわ。

宰相様とのお話し合いが終わったのか、伯父様や伯母様と連れ立ってやって来たお父様は、ふんわりと優し気で。でも騙されてはいけません。そのお顔には、『この坊主、ウチの娘に何をしやがった』と書かれております。あら、品が無かったかしら。

アルト会長が落ち着いた態度でお父様に経緯をご説明する。もちろん、脳筋王弟殿下が私の手を力任せに摑んだなんて、一言も仰いませんよ。あくまで、アルト会長の準備した手袋に不備があったとの説明です。

「……なるほど。確かに少し綻んでしまっているねぇ」

お父様が私の手を取り、手袋の刺繡を確認する。その時、角度が悪かったのか、腕がちょっとだけ痛みましたが、もちろん、淑女は表情には出しませんよ。……出してませんけど。あれ。お父様？　何か、お、怒ってらっしゃいますか？

「……まぁ、綻びと言ってもほんの少しだ。気にはならない程度だよ。アルト会長、そんなに心配する事ではないよ」

ドドドドドと、お父様の背中に何か黒いものがにじみ出ているように見えましたが、表面上は穏やかにそう仰った。

「それにもう一つ。先ほど手袋の確認のために、サラナ様のお手に触れてしまいました。力加減を誤って、サラナ様にご不快な思いをさせてしまいました。大変申し訳ありません」

「おや。それはいけないね。ご婦人の手に軽々しく触れてはいけないし、女性は我ら男と違い、か弱く繊細だ。思いも掛けず、傷つけてしまう事もある。アルト会長は、無下に女性に触れるような事はしないと思うが、例えば、エスコートの時なども、気を付けなくてはね」

「面目次第もございません……」

お父様の穏やかなお言葉に、項垂れるアルト会長。その後ろで、それ以上に小さくなって項垂れる王弟殿下。

次から女性に触れる時は、力加減に気を付けないと駄目ですよ。鍛えまくっている貴方や、貴方の恋人たちと違って、女性はか弱いんですからね。まあ、男性にばかり触れていると、そんな機会が無いので、分からなかったのかもしれませんが。有名ですものね。夜会や舞踏会でも、令嬢たちとのダンスのお申し込みは受けないって。夜会はともかく、舞踏会で踊らないって、何しに行ってるのかしら。

それにしても、アルト会長ってばやるわぁ。面と向かって文句なんて言おうものなら、血気盛んな若人である王弟殿下みたいな子は、反発しちゃうものねぇ。自分の事に置き換えて、間接的に叱るなんて。あら、先ほども陛下の御前で同じような光景を見たわね。今日は間接的に怒られてばかりですわね、王弟殿下。

「まぁ、お詫びというなら、サラナに似合う手袋を探してくれないか。君はサラナの事をよく見て、本当にこの子によく似合う物を揃えてくれるからねぇ。君に任せておけば、安心だ」

「そうねぇ。サラナの今日のドレスも素敵だものねぇ。さすが、アルト会長だわ」

お父様と伯母様がにこやかに仰る。お2人は何があったのかなんて、察しているんでしょうね。見事に視界に王弟殿下を入れていません。王弟殿下の謝罪をする隙すら、見せない。

「さて。我々はそろそろお暇させていただきます、トーリ殿下。明朝早くには立たねばなりませんので。今日はご婦人方を早く休ませてあげたいのです。それでは、御前、失礼いたします」

「あ……」

素早く、しかし礼を失しない程度には丁寧に、お父様は私の手を取って王弟殿下に頭を下げた。そして、なんの反論も許さぬまま、その場を離れたのだった。


王都でのミッション、コンプリートしました、サラナ・キンジェです、ごきげんよう。ですが私を襲う厄は未だ健在。ピンチですわ、皆様。

「サラナ。手袋を取ってご覧」

帰りの馬車の中。有無を言わさぬ調子で、お父様がにこやかに仰います。その後ろには、相変わらず何かどす黒いものが沸き上がっていますが。

「え、ええっと」

明らかに怒り顔の伯父様。魔王のお父様。微笑みが氷のような伯母様。

退路は断たれました。逃げ場はございません。いえ。別に私が悪い事をしたわけではありませんが。

救いを求めてアルト会長を見つめれば。にっこり。優しい笑顔に癒されるわぁ。なんて油断していたら。

「お手伝いしましょう」

相変わらずのガラス細工を扱うような触れ方で手を取られ、スルリと手袋を脱がされました。まぁ。なんて早業。手品みたいだわ。アルト会長ってば、手袋脱がせ名人なのかしら。

「……あの、小僧が！」

「……まぁぁ」

「……ほぉぉ」

私の右腕に残る、くっきりとした指の形。あらー。随分はっきりと痣になっているわ。前回握り締められた時は、これほどではなかったのだけど。

「だ、大丈夫ですわよ。これぐらい。私、痣になりやすいんです。ちょっとぶつけただけでも、すぐ赤くなってしまうから……」

私以外の４人の雰囲気が、どんどん物騒に。

「くそうぅ！　俺がその場にいたら、斬り倒してやったものを！」

「まぁまぁ。ほほほほほ」

お、伯父様。そんなに叩いたら、馬車が、馬車が壊れます！　暴れないでくださいませ。馬が、馬が驚きますから！　伯母様ぁ。笑っていないでお止めくださいませぇ。

「痛かったろうねぇ、サラナ。でも、次は我慢せず、すぐに言いなさい。こんな真似をする奴は、私がぶん殴るから」

　お父様？　大変言葉が乱れていらっしゃいますし、相手は王弟殿下ですよ？　殴ったら投獄されますわ。

「ありがとう、アルト会長。よくサラナの側にいてくれた」

「いいえ！　出遅れた上にサラナ様にこのような怪我を負わせてしまったのは、私の失態です」

「いや、君はあの場所まで入る事は許されていなかったのに、それを侵してでもサラナの元に駆け付けてくれたんだろう？　感謝こそすれ、怒る事などあるものか。しかも、君があくまでも自分の落ち度と言い切ってくれたおかげで、最悪の事態は免れた」

　お父様はきっぱりと、アルト会長の謝罪に首を振る。うん？　最悪の事態って、どういう事かしら？

　私の疑問を読み取ったのか、お父様が苦々しげに仰る。

「サラナ。未婚の令嬢に傷を付けたとなったら、責任を取るという話になるだろう？」

　責任？　怪我をさせた責任って。損害賠償とか？

　いえ待って。未婚の令嬢って……。

　ザッと血の気が引いた。まさか。怪我をしたから、妻として娶って責任を取るって事？

「王弟殿下がそこまで意図していたか分からないけどね。アルト会長が機転を利かせて自分の責任だと言い張ってくれたから、最悪の事態は免れ……、サラナ？」

「……嫌ぁ」

王弟殿下と結婚って、あの方は、女性はお嫌いでいらっしゃるのよ？　それってつまり、カモフラージュのための結婚って事でしょう？

折角、ミハイル殿下との婚約が解消されたのに。ようやく自由になれたのに。また、私の事に全く興味のない相手との結婚なんて嫌。

貴族は政略結婚も仕方ないって分かっているけど。私を愛してくれなんて贅沢な事は言わないから、結婚相手は、せめて私を尊重してくれる人がいい。私の願いは、そんなに贅沢なものなのかしら。

「サラナ……」

俯く私を、お父様が抱き寄せる。ポンポンと背中を優しく叩かれ、柔らかな声が染み入る。

「お前の望まぬ結婚など、私は二度と受けたりはしないよ。それに大丈夫。アルト会長の機転のおかげで、王弟殿下がお前に怪我をさせたなんて事実は、無くなったのだから」

お父様の言葉に、私はハッと顔を上げた。

あぁ、だから。アルト会長はあの時、私の腕に触れて『自分の落ち度』だと言い張ってくれたんだ。もしあの場で、手袋を外す事になっても、痣は自分が付けたものだと言えば、王弟殿下が責任を取る口実はなくなる。

視線を向けると、アルト会長が心配そうにオロオロしていた。目元が潤んでいる私に、ハンカチを差し出して、躊躇うように引っ込めて。こんなに慌てているアルト会長は、珍しいわね。

下手したら王族の怒りを買ったかもしれないのに。

商会を背負う立場であれば、褒められた事ではない。その背には、たくさんの部下やその家族、職人たちの生活が掛かっているのだから。

だけど。

「アルト会長……。ありがとう……」

私はアルト会長が差し出してくれた、ハンカチを受け取った。涙の滲んだ目元に当てると、アルト会長のいつも着けている香水の香りがする。ホッとするような、優しい香りだ。

強張っていた身体から、緊張が解ける。

アルト会長がいてくれて良かった。

助けてくれた事は、とても感謝している。

それ以上に、彼が側にいてくれる事が、こんなにも心強くて嬉しい。

「貴女のお力になれたのならば、幸いです」

いつもの控えめな柔らかな笑みに、ドクンと胸が鳴った。

ヤダ格好良い。アルト会長がいつもに増して格好良い。なんだか別人みたい。

何故か急に恥ずかしくなって、私はハンカチで顔を隠した。やだ、なんなの急に。顔っ！　顔が絶対、赤くなってる！

馬車の中の雰囲気が、なんだかソワソワした落ち着かないものになる。フォローしたくとも、無理です。私が一番、落ち着いていないのでっ！

「あー、ウォッホン。宰相閣下に引き留められたとはいえ、あのボンクラたちにサラナ一人で対応させたのは、私の失態だよ。それにしても、これはキチンと抗議をしなくてはね。ミシェル様？」

お父様のワザとらしい咳払いに、なんとなくソワソワした空気が晴れました。晴れましたよっ、伯父様、伯母様！　ニヤニヤなさらないでくださいな。アルト会長、なぜ貴方まで赤くなっていらっしゃるの。

伯母様は持っていた扇子をパチリと閉じると、艶然と微笑んだ。

「あのボンクラに非はないとなった以上、表立って抗議は出来ませんけど。後は私にお任せくださいな。フフフ。可愛いサラナにこのような乱暴な仕打ちをして、簡単に許してやるものですか。あのボンクラと、その保護者に、ドヤールの怒りを見せてやりましょう」

笑う伯母様の言葉に、一気に熱が冷めました。

ダメよ、サラナ。ボンクラって、あの人の事よねーとか。あのボンクラの保護者って、陛下と王妃様だよなーとか。王族相手に、伯母様は何をなさるおつもりなのカシラーなんて、考えちゃダメ。サラナちゃんは未成年だから。分からない方がいいわー。

脳内で未成年的危険回避をしていると、アルト会長が躊躇いがちに、手を差し出してきた。

「サラナ様。お手を」

そうアルト会長に促されて、そっと手を重ねれば。泣きそうな顔で私の腕のアザを見て、それから。懐から出した手袋をするりと着けてくれた。薄いピンクの、可愛らしい小花を刺繍したもので。

あら。先ほどの白い手袋と色違いのお揃いね？　白も良かったけど、こちらもいいわね。じゃなくて。

「あ。あの。アルト会長。その白い手袋は、どうなさるの？」

無造作にアルト会長の懐に仕舞われた、白い手袋。まさか捨てたりしませんよね？　少し刺繍がヨレてしまったけど。公の場ではダメかもしれないけど、十分、普段使い出来ますよ。

「こちらは、焼却処分にいたします」

先ほどの柔らかな笑みとは明らかにどこか違う微笑みで、アルト会長がそんな事を仰る。焼却？

「で、でも。それは孤児院の。あの。リーシェの作品ではなくて？」

モリーグ村孤児院のお針子、刺繍も得意なリーシェ。私、子どもたちが作ったものは、見分けがつきますから。あれは絶対、リーシェの作品だもの。最近はお客様からの評判も良くて、リーシェを名指しで指名する人も増えていると報告を受けているのよ。

「あの子が頑張って作ってくれたものでしょう？　まだ一度しか使ってないし、私のお気に入りなのよ。焼却なんて、ダメよ」

「いえ。経緯を聞けば、リーシェが率先して燃やすでしょう。孤児院の子たちも、満場一致で焼却による処分に賛成すると思いますよ」

「満場一致で？」

え。マオを筆頭として、経費削減を徹底している孤児院の子たちが、ちょっと刺繍がヨレてしまっただけの手袋の焼却処分に満場一致で賛成するの？　あの『服は穴が空いてからが本番だ』とか、

『紙は白いとこが無くなるまで使え』とか、『根っこがある野菜はとりあえず植えてみよう』とか言う子どもたちが？

「サラナ様に怪我をさせた男の触れたものなど、浄化が必要です」

いや、そんな。怪我とはいっても、ちょっと赤みが手の形でくっきり残ってるけど、それほど重傷ではないのに。浄化って、大げさな。

「まぁ、その前に。バッシュ様に真っ二つにされるでしょう」

「お祖父様には言わないで？」

孤児院の子たちはともかく。お祖父様はまずいわ。じじバカを炸裂させて、王都に殴り込みに行くかもしれないじゃない。

「サラナ。義父上に隠すなんて無理だよ？　ふふ。王弟殿下も、真っ二つになるかもね？」

お父様。なんて優しいお顔でホラーな事を仰るのですか。私、スプラッタ映画は嫌いなんです。

「なんとか、穏便に……」

「うんそうだねぇ。だからそちらの白い手袋は諦めなさい。私もそれを見ると、忌々しくて引き千切りたくなるからね？」

怖っ。お父様が怖い。乱れっぱなしな言葉も怖いが、微笑みが深すぎて怖い。

『ドヤールの懐刀』たるお父様の名誉を守るために、これ以上粘るのは駄目だわ。だって『女性用手袋を笑顔で引き千切るお父様』を想像したら。前世の日本でも放送出来ない映像だったわ。怖すぎて。

とりあえず、白手袋を返してもらうのは諦めました。あれは私が怪我をした事を、皆に思い出させる要注意アイテムになったという事で。皆、過保護だから仕方ないわ。ほとぼりが冷めた頃に、アルト会長におねだりして返してもらいましょう。そうしましょう。

前半は順調だったけど、後半は想像通り最悪だったわ、王都旅行。やっぱり、私にとって王家は鬼門みたい。触らぬ神に祟りなし。今後は二度と関わりたくないわ。特にあの王弟殿下と愉快な仲間たちには。

そんな願いも空しく。今後も彼らとの接点は消えるどころか、増えた挙句、どんどんと面倒な事になったのだけど。

溜息を吐いてドヤールへの帰途へ就くその時の私は、そんな事、知る由もなかった。

ドヤールへの帰還　帰りはゆっくりと

ドヤール領へ帰ります、サラナ・キンジェです。ごきげんよう。

憂鬱な王都を出て、馬車はゆったりとドヤールへ向かっております。

最短の滞在で済むように、行きはギリギリに出発して急ぎましたが、帰りはゆったり、観光気分で馬車に乗っております。まぁ、行きもゆったり行けなくはなかったのだけど、先に謁見が待っているという行きの道中は、気が重いから楽しくなかったのよね。帰りは何の憂いもなく、しかもお祖父様が待つドヤールに帰るだけなので、気分は明るいし、外の景色を楽しむ事も出来たわ。

何より、アルト会長という、気遣いの出来る男、ナンバーワンがいるもの。外の景色や、通りすがりの街の説明してくれて、ご飯が美味しい食事処や宿も押さえていてくれて。なんでしょう、名ガイドですか。こういうお仕事でも、十分食べていけると思いますよ、アルト会長。売れっ子になりそう。予約の取れない名ガイド。

アルト会長だけじゃなく、家族も、凄く気を遣って明るくしていてくださるのが分かるのよ。私がついつい、落ち込みがちだったから。なんとか気持ちを切り替えたかったのだけど、難しくて。だって、危なくあの王弟殿下のカモフラージュの結婚相手にされるかもしれなかったのよ。ゾッとするわ。恐怖体験よ、これ。トラウマになっても仕方ないと思うの。

本来なら、王弟殿下の結婚相手として、私のような子爵家の令嬢なんて、身分的に相応しくはない。だが、ドヤール家の係累であり、これだけ国に利益をもたらすならば、身分が足りなくても王弟殿下と縁を結ぶだけの益はある。しかも、王弟殿下は、事情により、形だけの妻を迎えたい。そこで怪我をさせたという建前があれば、都合が良くて尚且つ益にもなる結婚相手として、私が選ばれる可能性は十分にある。白い結婚前提を許す結婚相手なんて、そうそういないからね。

その可能性をお父様に示唆された時、本当に、目の前が真っ暗になった。アルト会長が咄嗟に機転を利かせてくれたおかげで、最悪の展開は避けられたけど。本当に、アルト会長には、感謝してもし尽くしきれない。いつもありがとう、アルト会長。危機感がなくて、すみません。

そんな感謝の念を抱きつつ、あともう少しで、次の宿場に着くという馬車の中、こっそりとアルト会長に視線を向けたら。

あら、珍しい。コックリコックリと転寝《うたたね》をしていらっしゃいます。

お昼もお腹いっぱいいただいて、辺境伯家の馬車は頑丈で揺れも少なく、単調な馬車の音。それはもう、眠たくなりますわよね。アルト会長だけでなく、伯父様もお父様も気持ちよさそうに目を閉じて夢の中。殿方は道中も仕事ばかりでお疲れでしょうね。

私の隣に座る伯母様は、シャンと背を伸ばし、持参した本に目を落としていらっしゃいます。

私の視線を感じたのか、伯母様が本から目を上げた。美しき女神が、ニコリと微笑む。

「どうかしたの？　サラナ？」

男性陣を気遣って、私の耳に辛うじて届く囁き声。ひぃぃぃぃ。実の伯母ながら、その色っぽさに胸がドキドキしました。伯母様、姪にそんな色気を出さないでくださいませ。

「……いえ、伯母様はお疲れではありませんか？」

「馬車に乗っているだけですからね。私は大丈夫よ。皆様、昨夜も遅くまで書類に掛かりきりだったから、お疲れなのでしょう」

私の言葉に頷き、対面の席で目を閉じる男性陣に、伯母様は優しい目を向ける。イレギュラーな謁見がねじ込まれたので、伯父様たちは隙間時間に仕事を片付けている。私のせいで余計な仕事まで増やしてしまって、本当に申し訳ないわ。

「サラナ。自分を責めるのはおよしなさい。殿方が貴女のために動いてくださる時は、微笑んでお礼を言えばいいの。『私のせいで、ごめんなさい』より、『私のために、ありがとう』の方が、気持ちを受け取る方も嬉しいものよ」

まさに後ろ向きな思考を読まれてしまって、私は反省する。分かってはいるのだけど。

「サラナは、淑女教育は完璧だというのに。どうにも殿方に甘えるという事が、苦手なのよねぇ」

うう。仰る通りです。前世から通算して、もう何十年、女性として生きていますが。そういう甘え方は無理なのです。だって、柄じゃないもの。

しょんぼりする私に、伯母様はクスリと笑みを溢す。

「貴方の性格的に、べったりと男性に依存するのは難しいでしょうけど。そうねぇ。意中の方が出来たら、たまには、隙を見せるといいわ」

「隙？」

なんでしょう。その高等テクニックっぽいものは。残念な女子力の私にも、出来る事ですか？

「そう構える事ではないわ。普段からの心構えしだいで、変わるものよ。そうねぇ、例えば。こんなに気持ち良い空間で、ついつい眠くなっちゃうけど。こういう場で、淑女は転寝なんてしてはいけないわね？」

「え、ええ。人前で転寝なんて、はしたないと言われてしまいますわ」

「そうね。でも、そういう時は淑女が転寝なんて、はしたないと思うのでは無くて」

にこりと、伯母様が艶やかに微笑む。

「好きな人以外に、寝顔を見せるなんて嫌だわと、思うようにしなさいな」

「ぐふぅっ」

「ぷっ」

「……」

伯母様の色香の漂う声に、思わず息を呑んだ私だったが。私以上に重傷な方たちがいました。話し声で起こしてしまったのか、伯父様が息を呑み損ねてむせているし、お父様はそんな伯父様にこらえきれずに噴き出しちゃったし、アルト会長は真っ赤になっている。でも３人とも、紳士でいらっしゃるので、淑女の内緒話を聞いてなどいないと装って、いまだに目をつぶったまま、寝たふりをしていらしゃいます。

バレバレな男性陣を、伯母様は華麗にスルーして、囁き声で続けられた。

「そういう風に思うようになれば、自然と意中の方に対しては、逆に心を許して、隙を見せるようになるわ。そういう隙を、殿方は感じ取るものよ。どうやって甘えたら、なんて難しく考えずに、貴女が信頼する方に、心を委ねてしまえばいいの」

な、なるほど。普段の心掛けから変えていこうということですね。大変、分かりやすい例でした。でも……。

真っ赤な顔で、目を頑なにつぶる伯父様。もうすでに、笑いが堪えられていないお父様。存在を消すように、寝たふりを続けるアルト会長。

今、ここでする必要のあった話でしょうか。気まずい。気まずいわ。

私が咎めるように伯母様を見つめると、伯母様はふぅっと溜息を漏らす。

「そんなに睨まないでちょうだいな。ささやかな伯母心というものよ。貴女たちときたら、セルト様とカーナの時以上に、ヤキモキさせられそうだもの」

「ぶふっ」

思わぬ飛び火を受けて、お父様にもダメージが。みるみる赤く染まる顔を隠して、寝たふりを続けていらっしゃいます。分かってはいましたが、伯母様は最強ですから。

「やり方はおいおい、カーナに伝授してもらいなさいな。あの子はそういった面では策士よ。勉強になると思うわ」

ちょこちょこと伯母様からお聞きする、お父様とお母様の昔の恋物語。甘酸っぱい恋物語というより、戦士が大物を倒す英雄譚に聞こえるのはどうしてかしら。たしかに凄い大物《お父様》ですけど。

そうこうしている内に、馬車は宿場町に着き。ここが最後の宿場町で、明日にはモリーグ村に着くだろう。日が傾いているけれど、まだ辺りは明るくて、宿屋に一旦落ち着いた後、夕食までには時間があった。

こういう時はアルト会長が町歩きに誘ってくれるのが定番だ。そこそこ大きな宿場町なので、いくつもの宿屋や食事処、酒場が賑わっている。

「あらぁ。可愛い」

雑貨屋さんに入って、棚の商品をきょろきょろと見ていたら。可愛らしいペーパーウェイトが目に入った。ペーパーレス化が進んだ前世とは違って、紙での仕事が当たり前な今世では、ペーパーウェイトは必需品だ。需要が多い分、前世よりも色々な素材、形のペーパーウェイトが出回っている。その雑貨屋にあったのは、色々な動物を象ったガラス製のものだった。私が目を留めたのはウサギっぽい形のものだ。耳がフワッと垂れていて、額に角があるが、多分ウサギだろう。貴族層向

けなのか、結構な値段がするが、とかく乙女心をくすぐる可愛らしい作りだ。

「これは貴族の皆様にも評判の品ですよ」

店員さんが揉み手をせんばかりに勧めてくるが。可愛いと思ったけど値段がちょっとねぇ、高いわ。今使っているペーパーウェイトもあるし。可愛いから欲しいわと簡単に買える値段ではない。様々な事業で儲かってはいても。根は庶民の私は、すぐに勿体ないと思っちゃうのよね。これだから資産が溜まる一方なのよ。

「これを包んでくれ」

「はいっ？」

笑顔で店員に断ろうと思った私の目の前で、アルト会長がウサギを手に取り店員に指示をする。止める間もなくあれよあれよと運ばれ、可愛らしい箱に入れられ、ラッピングされるウサギ。

「アルト会長？　あのウサギ、どうなさいますの？」

もしかして、アルト会長が誰かにお渡しするお土産かしらなんて、万に一つの可能性を掛けて聞いてみたら、ニコリと良い笑顔。店員がナイスなタイミングでアルト会長にラッピングされた可愛らしい箱を手渡す。

その箱を、アルト会長は、私に恭しく差し出した。

「旅の記念に贈らせてください」

やっぱりぃ。ですよねぇ。私が可愛いわーって眺める横から、他人のお土産用に掻っ攫うような人じゃないと分かっていましたけど。でも、結構なお値段がしましたよ？

「そんな！　こんな高価なもの、いただけません」

アルト会長って、貢ぎ魔なのよ。気付くとすぐに私にお金を使おうとするの。謁見のドレスだって、頑としてお金を受け取ろうとしないし。『今度のドレスは俺が贈るんだ』と頑張る伯父様と、最後まで争っていたもの。ちなみに、ドレスを贈る権利を勝ち取ったのは、伯父様だったわ。だからなんなの、ドレスを贈る権利って。

アルト会長が私に、ビジネスパートナーとして色々と心を尽くしてくださるのは有難いけど。もらいすぎはやっぱり気が引けるのよ。カイさんは、「アルト商会の売上が過去最高記録を塗り替え続けているので、アルト会長の好きなように貢がせてあげてください」とか言ってるけど、どうして売上が上がると、私に貢ぐのよぉ。

「わ、私が買いますから」

私は慌てて、側に控える侍女さんに合図する。令嬢はお財布なんて持っていませんから。欲しい品物を選べば、後はお付きの人が会計してくれるものだ。

でも侍女さんは私のアイコンタクトを知らんぷりした。なぜ？　ドヤール家の侍女さんたちは有能パーフェクトレディばっかりなのに。主人のアイコンタクトを無視するなんて、今までなかったのに！

「サラナ様、ミシェル様が仰っていたでしょう。普段からの心掛けだと」

クスクスと笑うアルト会長が、私に小声で囁く。

「男性同伴で買い物をして、女性が支払いをするなど、男性の沽券《こけん》に関わるものです」

「そ、それは」

それは確かに。こちらの世界では、連れだって出掛けておいて、男性にお金を出させないのは、私の方がルール違反なのだけど。うう。そんなつもりで、一緒に町歩きに出たわけではなかったのに。

「私にしてみれば、せっかく一緒に出掛けているのですから、もっといろいろとねだっていただきたいところですが。サラナ様はあまり物を欲しがらない方なので、今回の贈物は嬉しいぐらいです」

侍女さんがしたり顔で頷く。なるほどー。だからアイコンタクトを無視したんですね。

ううう。別に物欲がないわけではないのよ。前世の価値観や、生来の性格もあって、奢ってもらうとか、買ってもらうとかが、苦手なだけなんです。欲しい物は自力調達が当たり前だったので。

「嬉しいついでに、欲を言えばもう1つ。男性が支払うのが当たり前だからと、贈物を受け取っていただくのではなくて」

アルト会長の声が、さらに小さく。私の耳に辛うじて届くぐらいの囁きで。

「私が贈ったものが欲しいと、隙を見せていただけると、もっと嬉しいですね」

悲鳴を上げなかった自分を、褒めてやりたい。

したり顔だった侍女さんも、なんだか気まずそうに目を逸らしている。

全身が熱くなって、顔は見えないけど、たぶん無残なぐらい赤くなっているはず。動きを止めた私を他所に、さり気なくお会計を済ませたアルト会長は、エスコートの腕を差し出した。

その腕にギクシャクと摑まって、カタコトと歩き出す私に、アルト会長が「ちょっと刺激が強すぎましたか」と反省したように呟いた。

分かっているのなら、少し加減してくださいませ。

宿に帰った私たちに、伯父様とお父様の、生温い視線が注がれ。

女王たる伯母様は、何故か満足そうなお顔で頷かれ、「実践が早いわね」とアルト会長を褒めていました。伯母様って、千里眼でも使えるのかしら。

CHAPTER

幕間

孤児院のマオ

Tensei shimashita, Sarana Kinje desu.
Gokigenyou.

俺の人生なんて、決まりきっている。

生まれて間もなく孤児院に捨てられた俺は、マオという名前すら孤児院の先生に付けてもらったぐらいで、自分の物は何にも持っていなかった。年は13歳。あと2年足らずで成人を迎える。成人したら、領主様の庇護から外れるので、孤児院を出なければならない。少しでもいい仕事に就きたかった。それが他のやつらにとって最低限の仕事であっても、俺たちには選り好みする余地なんてないのだ。

孤児院出身のやつの仕事なんて、男だったら農村では雇われ農夫、街では日雇いの仕事、または、命の危険が多い冒険者。女だったら運が良ければ、お針子、最下級の下働きなどに就けるが、娼館行きなんてのも少なくない。親が育てきれずに孤児院に捨てたのに、年頃になったら娼館に売るために引き取るなんて酷い事も、日常茶飯事だった。

俺がいるモリーグ村は農村だが、子だくさんな農家が多く、わざわざ他に農夫を雇う余裕はどの家にもない。だから孤児院の子どもたちは、大きくなれば男は冒険者に、女は街に行って仕事を探す事が多かった。

かくいう俺も、将来の職は冒険者と決めていた。冒険者は危険の多い仕事だが、街で日雇いの仕事をするよりは実入りがいいし、この村に住んでいるので危険には慣れていた。

山と畑しかないモリーグ村には、頻繁に魔物が出る。村民たちも腕っぷしが強いのが多いので、ある程度は自分たちで討伐出来る。そんな村民たちでも、手に負えないような魔物も結構な頻度で現れるが、俺を含めたほとんどの村民は、特に危機を感じた事はない。モリーグ村には魔物よりも恐ろしい、領主様御一家が住んでいるからだ。

以前、戦う領主様を見た事があった。その時俺は、たまたま一人っきりで薪を拾うために森に入っていた。そこで運悪くグェーに遭遇し、その凶悪な形相と鋭いくちばしを目の当たりにして、死ぬんだと、恐ろしさにへたり込んでいた。

そんな俺の横を、大剣を持った領主様が颯爽と駆け抜け、木々の間をビュンビュンと飛び回り、巨大なグェーを四方八方から切り裂いていった。人間って、鍛えると空を飛べるようになるんだと、初めて知った。

グェーも恐ろしかったが、それ以上に領主様が恐ろしかった。討伐を終えた領主様に、声を掛けられた俺が、思わずズボンを濡らしてしまったのは仕方のない事だと思う。俺もあの頃は、まだまだ純真な子どもだったのだ。「小僧、どうした?」と返り血塗れの領主様に心配されてしまったが、口が裂けても貴方が怖いんですとは言えなかった。

俺のような凡人が、領主様みたいな桁違いの強さを身に付けるなんて、どう頑張っても出来そうにはないが、それでも冒険者になって稼げるようになりたかった。だが、村にいるままでは冒険者にはなれない。シャンジャのような大きな街で冒険者登録をして、実績を積む必要があった。

だから俺は、村で雑事を手伝って、なんとか日銭を稼ごうと頑張ってた。街に行くにも金が掛かるし、冒険者として稼げるようになるまで、少しでも生活費の足しに出来るように金が必要だ。でも元々金がない村だから、給料代わりに芋やら野菜やらを貰う事も多い。俺の思う通りには、なかなか稼げなかった。

そんな焦る俺の元に、ある日、その人はやってきた。

俺たちとはかけ離れた生活をしているのであろう。艶々した髪、白い肌、あかぎれ一つない手。綺麗なドレスを着たそのお嬢様は、汚い孤児院の中で異質だった。でも本人は全くそんな事を気にする様子もなく、腰に手を当てて、宣言したのだ。

「貴方たちを、一流の商人に育てます。明日から午前中は勉強を、午後からは羽毛布団作成の実地研修を受けてもらいます」

この人、何を言ってるんだと思った。頭がおかしいのかと。孤児院の子が一流の商人なんて。お勉強なんて出来るわけがない。

俺はあと2年足らずで、この孤児院を出なきゃならないんだ。今は少しでも小銭を稼いで、備えなきゃならないってのに。

気付いたら、俺は叫んでいた。相手がご領主様の大事な姪だなんて、すっかり頭から飛んでいた。

「なんでそんな事しなきゃならないんだ！　俺は今、少しでも稼がなきゃならないんだ！　勉強なんて、なんの役に立つんだ！」

俺の張り上げた大声に、お嬢様は目を真ん丸にした。お嬢様と一緒にいたルエンとかいう優男が、真っ赤な顔で俺に詰め寄ろうとしたが、お嬢様はそれを制して、俺に近付いてきた。孤児院の先生たちも他の小さい子たちも、真っ青になっていた。相手はお貴族様だ。最悪、お手打ちになるかもしれない。でも俺は、間違った事など何も言ってない！

「勉強なんて、役に立たないと、貴方は思うのね？」

お嬢様は、微笑みながらそう言った。悪戯っぽく小首を傾げる。

そんなお嬢様の様子に、俺は瞬間的にカッとなった。こんな、苦労なんか知らない貴族のお嬢様の気まぐれで、稼ぎの時間を無駄にされたら堪《たま》らない。

「そ、そうだよ！　俺は、俺は！　冒険者になって、手っ取り早く稼いでやるんだ」

「冒険者。まぁ、素敵ね。マオ君は剣の筋がいいそうだから、冒険者になったら有名になって活躍出来るかもしれないわね」

お嬢様に突然、名前を呼ばれ、そして剣の事まで知られていて、俺は心底驚いた。こんな俺たちとは別の世界の生き物みたいな綺麗なお嬢さまが、俺の事を知っているなんて。

「そうねぇ。それじゃあ、マオ君、問題よ◦◦現在、初級冒険者でも狩れるラビッテール、１匹の討伐報奨金は大銅貨２枚。マオ君は１日20匹討伐した。そこからギルドの仲介手数料を10パーセント、依頼の達成報告書の代行作成手数料の大銅貨３枚を差し引いて。手元に残る報奨金はいくらでしょう」

「はっ？」

突然そんな事を言われ、俺は頭が真っ白になった。ラビッテールは下級冒険者がよく討伐する魔物だ。大銅貨１枚っていったら、モリーグ村のパン屋で丸パン10個買える値段。じゅっぱーせんとって、なんだ？　ちゅうかいなんとか、たっせいなんとかも、知らない。初めて聞いた言葉だ。

「正解は大銅貨33枚よ。ダグさんのパン屋で10個入りパンが33袋買える値段ね。冒険者がよく利用する宿なら、相部屋、朝の食事付きで大銅貨５枚前後。６日ぐらいなら泊まれるわ。ちなみに、書類代行作成手数料というのは、ギルドの人に提出する書類を作ってもらう代金の事よ。読み書きが出来るのなら、代行を頼む必要はないわ」

「え？」

「でもねぇ。世の中には善良な人ばかりではないわ。冒険者ギルド共通であるはずの仲介手数料や書類の代行作成料を、水増しされる事もあるし、単純に何か買った時にお釣りを誤魔化す人もいるの。命がけで魔物討伐をして得たお金を、誤魔化されるの」

お嬢様は、とっても、悲しそうな顔をした。騙されたら、損をするのは俺なのに。なんでこの人は、自分の事じゃないのに、こんなに悲しそうなんだろう。

「ねぇ。本当にこのまま冒険者になっていいの？　どんなに実力があっても、知識がなければ正当な報酬を得られていない事にすら、気付けないのよ。貴方の努力を、何の苦労もしていない人たちに掠め盗られるのよ。その事に、貴方は一生気付けないの。貴方の無知が、貴方を利用して嘲笑う人を、肥え太らせるのよ」

どういう意味だか、よく分からなかった。でも、お嬢様の顔は悲しそうで。俺を困らせようとか、騙してやろうとか思っているようには思えなかった。

お嬢様は困っている俺をじっと見て、にっこりと笑った。

「ねえ、マオ君。考えてみて。今の貴方が稼ぐお金は、多くて1日に銅貨20枚でしょう。でも文字を覚えて、計算が出来るようになれば、少なくとも書類作成費用の大銅貨3枚を払わなくて済むようになるわ。1日に銅貨20枚稼ぐより、大銅貨3枚を使わないようにするなら、どちらの方がお得

かしら」

それなら、俺にだって分かる。銅貨は10枚で大銅貨1枚だ。大銅貨3枚を使わない方が、良いに決まってる。

「そ、それは、大銅貨3枚を使わない方がいい……」

「そうよ！　だから将来の投資と思って、今はお勉強に専念してみなさいな。貴方は頭がいいし度胸があるから、案外、商人に向いているかもしれないわ。そうね、3か月。今から3か月間、試してみて。貴方が3か月後、やっぱりお勉強は必要ないと思うなら、貴方の時間を奪った代償に、1日銅貨20枚の3か月分、大銅貨18枚を、貴方に払ってあげる。マオ君だけじゃないわ！　お勉強をしてくれる、皆によ！」

「ええっ……」

銅貨20枚なんて、すごく稼げた日に貰える額だ。それを全員に、3か月分だって？　大銅貨18枚なんて、孤児院の子が見た事ないような大金だ。孤児院を出る時の当面の生活費には十分すぎる額だ。

お嬢様の破格な申し出に、俺は心臓が痛くなった。なんで。なんで、そんな事。俺たちみたいな、孤児に言ってくれるんだよ。

そんな俺を見て、お嬢様はきゅうっと、悲しそうな顔になった。

「本当はね。仕事なんてさせたくないのよ。子どもは遊んで、勉強して、愛されて、守られて、そうして大人になって欲しいの。でもねぇ、ごめんなさい。まだそこまで、私の力が及ばないのよ。

その分、貴方たちに早く大人になってもらわなくてはいけないの。だから。貴方が、自分の人生を実り多きものにするための手助けを、させて欲しいのよ。無力な私を、許してね」

さっきまで堂々と、力強かったお嬢様が、しゅんと肩を落としている。なんだよ。なんで。なんで俺は、こんな事言ってくれる人に、こんな顔をさせているんだよ。

「分かったよ！　やるよ！　やるってば。だから、そんな泣きそうな顔すんなよっ！　やってやるってば」

気付けば。最初に抱いていた反発心は霧散していて。俺はそう、大声で叫んでいた。先生たちも、小さい子たちも、ほっとした顔で頷いていたし。お嬢様はにこりと笑った。

「素晴らしいです、サラナ様。なんと寛容で慈悲に溢れたお言葉。私、ルエンは一生涯をサラナ様に尽くすと誓います！」

ルエンとかいう男が、涙を流し、お嬢様の足元に平伏している。それを華麗にスルーしているお嬢様。なんなんだよ。お嬢様の周りには、変わった人しかいないのかよ。

いきなり勉強などと言われても、何をして良いか分からない。啖呵を切ったは良いが、どうやって文字や計算を覚えれば良いんだよ。

そう戸惑う俺たちに、お嬢は色々なものを用意していた。

「まずは、筆記用具に慣れる事よ」

そう言って、最初に始めたのは、線を書く事だった。

「お手本の通りになぞってみて」

『きょうかしょ』の通り、真っ直ぐと、または、ぐるぐるの曲線を書く。薄く書かれた線の上をなぞった後、同じ線を下に書いていく。ちゃんとペンを持たないと、線は上手く書けないので、俺たちはペンの持ち方から教えてもらったのだ。

練習して行くうちに、皆、真っ直ぐでもぐるぐるでも、しっかり書けるようになった。一番早く線を書けるようになったのは、なんと孤児院で一番小さいヤツだった。まだ3歳なのに飽きもせず、『やすみじかん』だろうと、オヤツも食べずに黙々と線を書いていた。一番早く『ごうかくすたんぷ』を貰って、得意げな顔のチビ。孤児院では俺が一番年上なのに、負けるわけにはいかない。『ごうかくすたんぷ』を溜めると、美味しいお菓子が貰えるとあって、他の奴らも夢中で線の練習をしていた。

線が書けるようになれば、次は文字、数字、計算と、どんどん勉強は進んでいった。その頃から、お嬢様ではなく、先生が教えてくれるようになった。昔はお貴族様の家庭教師をしていた先生は、お嬢様が作った『もじのひょう』『くくのひょう』『たんごかーど、けいさんかーど』『もじ・けいさんどりる』を絶賛していた。お嬢様が作るものなんだから、凄いのは当たり前じゃないか。

文字が読めるようになると、孤児院には本棚が置かれるようになった。そこには、お嬢様お手製の『えほん』があって、『えほん』の物語はどれも物凄く面白いものばかりだった。楽しくて面白くて、何度も何度も『えほん』を読んだ。新作が届くたびに、皆で争って『えほん』を読んだ。お嬢段々と絵よりも文字が多くなっていったけど、それでも面白くって、全然気にならなかった。お嬢様が書いたものだけじゃなくて、他の作家の本もあったけど、やっぱり一番人気はお嬢様の書いた絵本だった。

文字だけじゃなく、俺たちは計算も得意になった。お嬢様には、勉強の時だけじゃなく、普段の生活から計算をするように言われていた。パンが35個ある。25人で分けると、何人が2個食べられるか、とかだ。パンの数で喧嘩するのは毎日の事だから、計算もどんどん上達した。

ある時、チビが村の市場で『ねぎり交渉にかった！』と山盛りの食料を仕入れてきた時は驚いた。1人で勝手に買い物に行くなよ。スゲェ値切ったな、市場のオヤジさんたち、大丈夫かよ。

そしてチビ。値切り交渉は出来るのに、なんでお嬢様の事は『シャラニャオジョウシャマ』としか言えないんだよ？　色々おかしいだろ。全く。

午後は仕事の時間だ。俺たちが作っている羽毛布団は、軽くて薄くて柔らかくて、凄く気持ちがいい。

仕事は覚える事が一杯で、同時に接客やマナーも学ぶから頭が破裂しそうなほど勉強しているが、孤児院の子どもたちは誰一人、辞めたいなんて言わない。難しくても大変でも、辞めたいなんてちっとも思わなかった。だって、今までとは全然違うから。

大人も子どもも、貴族様も平民も、みんな欲しがるような物を、俺たち孤児院の子どもが作るんだ。教会のバザーで出していた、クッキーや、しょぼいコースターや、押し花の栞を売るのとは違うんだ。

頭を下げて買ってもらったのに、いつの間にか商品がゴミ箱に捨てられてるなんて事もないんだ。

貴族様たちは慈善活動でゴミにお金を払うフリをしてくれただけなんだって、悔しい思いをしなくていいんだ。

俺たちが、自信を持って売れる商品を作れるんだ。それが、嬉しくて誇らしくて。働く事がこんなに楽しいだなんて、俺たちは初めて知ったのだ。

そんな毎日を送っていたある日。３年前に孤児院を卒業して、よその領に働きに行ったナナねーちゃんが、突然孤児院に帰ってきた。

「アンタたち！　貴族にこき使われてるって本当なの？」

鼻息荒く腕まくりして怒りまくってるナナねーちゃんを、宥めるのは大変だった。ナナねーちゃんは女だてらに腕っぷしも強く、仲間想いなのだが、どうにも思い込みが激しくて困る。職場のお針子仲間から、ウチの孤児院の子どもが、領主様の命令で危険な仕事をさせられていると聞いて、居ても立ってもいられず、帰ってきたらしい。

「違うよ、ナナねーちゃん。むしろ前より良い生活してるぜ。ご飯も『えいようばらんす』を考えてるんだぜ。仕事は大変だけど、『ざんぎょうきんし』なんだぜ」

俺がお嬢様に教えてもらった言葉で説明すると、ねーちゃんは余計に頭に血が上ったようだ。

「マオ……！　何言ってるのか、さっぱり分からないよっ。やっぱり難しい言葉で言いくるめられて、いいように使われているっていうのは、本当なんだね！　たとえ相手が領主様でも、あたしは負けないよっ！」

オオツノみたいに怒り狂ったナナねーちゃんは、そのまま領主様のお屋敷に突進して行った。オオツノっていうのは、長いツノを持った魔物の事だ。モリーグ村でもよく出るヤツだが、あんまり頭は良くなくて、いつも怒り狂って真っ直ぐに突進してくる。尻がデカいところも、ナナねーちゃんそっくりだな、そういえば。

そして数刻後。夕飯前にちゃっかり戻ってきたナナねーちゃんは、突撃した勢いはどこへやら、ルンルンと上機嫌だった。

「お嬢様は、なんて素晴らしい人なんだろうね！」

ドヤール家に鼻息荒く乗り込んだねーちゃんは、あろう事かお嬢様に真っ正面から抗議したらしい。よく無事だったな。お嬢様にそんな事したら、その瞬間、先代様に剣で真っ二つにされても仕方ないってのに。

笑顔でナナねーちゃんを迎えたお嬢様は、ナナねーちゃんの文句をフンフンと聞き、俺たちの給料、勉強の進み具合、これまでの布団の売上などの資料を交えて懇切丁寧に説明し、ねーちゃんの誤解を解いてくれたようだ。

あまつさえ、ナナねーちゃんのお針子としての腕まで知り尽くしていて、孤児院の講師としてスカウトしたそうだ。今の職場に比べて、破格の条件だったが、ナナねーちゃんの今の雇い主は、孤児のねーちゃんを雇ってくれた大恩人だから、そんなに簡単には裏切れないと、断ったそうだ。

ナナねーちゃん、そんなに良い店に雇われてるんだな。良かったなぁ。

上機嫌で旨い旨いと夕食をぱくつくナナねーちゃんに、好奇心で、俺は今の仕事について聞いてみた。

皆、村の外で働いた経験はないから、ワクワク顔で聞き耳を立てる。ナナねーちゃんは恥ずかしそうな顔で、ちょっと得意気に、俺たちに自分の仕事を説明してくれた。

姉ちゃんはお針子として隣領の大きな商会で働いている。そこでの暮らしを、教えてくれたんだけど。

毎日、朝日が昇る前に起きて、夜は暗くなって縫い目が見えなくなるまで働く。休憩時間は昼の食事の時だけ。それも手早く流し込むように食べて、すぐに仕事に戻る。ねーちゃんは店に住み込みで働いているから、お針子の仕事が終わったら、店の主人一家の食事や洗濯などの下働きの仕事を、寝る前までこなす。休みは月に1回。その休みも急ぎの仕事があればなくなる。というか、勤め始めてから、仕事が次から次へと舞い込んでくるので、休んだのはこの3年で、片手で数えられるぐらい。

お針子の給金から、食費や家賃やその他、色々と引かれる。お針子として仕事の契約更新は半年に1回、その度に書類作成代金と契約更新料が掛かり、それも給金から天引きされる。残る額はほんの少し。だけど。

「私の雇い主様は、優しい方だからね。住み込みなのに給金を払ってくれるんだ。その上、あたしたちが無駄遣いしないように、生活費以外の給金は、預かっていてくれるんだよ！」

ナナねーちゃんが、ニコニコ笑ってそんな事を言う。そうして貯めた給金を使う時は、雇い主が預かり賃を差っ引いた額を支給するそうだ。

ナナねーちゃんの話を聞いて、俺は唐突に、あの時、お嬢様が言っていた言葉の意味が分かった。

『ねぇ。本当にこのまま冒険者になっていいの？　どんなに実力があっても、知識がなければ正当な報酬を得られていない事にすら、気付けないのよ。貴方の努力を、何の苦労もしていない人たちに掠め盗られるのよ。その事に、貴方は一生気付けないの。貴方の無知が、貴方を利用して嘲笑う人を、肥え太らせるのよ』

あぁ、そうか。お嬢様が悲しい顔で話していたのは、こういう事だったのだ。

ナナねーちゃんは、あの時のお嬢様の提案を蹴っていた場合の、未来の俺だ。

頑張っても、正当な対価は得られず、無知だと侮られ、搾取される。

そんな事に一生気付かない、愚かな未来の俺だ。

気付けば、孤児院の中はシンと静まり返っていた。

先生たちも、他の子たちも、怒ったような、悔しいような、悲しいような、そんな、ごちゃ混ぜな顔をして、飯も食わずに俯いている。

みんな知っているんだ。それが、孤児院を出た子どもの、当たり前の生活だって。ナナねーちゃんは、まだ好条件な方だって事を。

「あ、あれ？　みんな、どうしたの？」

静まり返った孤児院の中で、ナナねーちゃんはオロオロしている。

喧嘩っ早くて落ち着きがない、オオツノみたいなナナねーちゃん。でも下の子たちを大事にしてくれる、優しいナナねーちゃん。怒ると凄ぇ怖いのに、心配性で涙脆い、ナナねーちゃん。

ナナねーちゃんを騙したり、馬鹿にしたりする奴は、俺が全員、ぶん殴ってやる。

でもそんな事じゃ、何の解決にもならないのは、馬鹿な俺だって分かるんだ。

「俺。ちょっと出てくる」

堪らなくなって、俺は孤児院を出た。孤児院の先生たちの呼び止める声や、ナナねーちゃんの声がしたけど、振り切るように外に出た。そしてそのまま、領主館に駆け込んでいた。

いきなり飛び込んできた俺を、侍女さんたちが驚いた顔で出迎えてくれた。俺は胸がいっぱいで、頭の中がごちゃごちゃで、何一つ満足に喋れなかったけど。侍女さんたちは、何も言わずに俺をお嬢様の下に通してくれた。

お嬢様は急にやって来た俺に驚いていたが、興奮した俺の支離滅裂な話を、静かに聞いてくれた。

「大丈夫よ、マオ君」

お嬢様が、頼もしく頷いてくれた。

その横でアルト会長がニコニコと、ええっと、笑って……、いるんだよな?

笑顔なんだけど。いつもの物腰柔らかな感じとは違って、なんだか怖い。おかげで俺の頭はスウッと冷えて、魔物と対峙した時みたいに萎縮した。ナナねーちゃんが職場の同僚から聞いたという『孤児院の子が領主一家《ドヤール家》に搾取されている話』が、アルト会長の怖い笑顔の原因らしい。

ああ。終わったな、アホな噂を流したやつ。ドヤール家だけでもヤバいのに、アルト会長まで敵に回すなんて。孤児院の講師の爺さんたちが、『あの会長はエグい。ワシ、現役じゃなくてよかった。あんなのが商売敵とか、やってられん』って、愚痴っていたぐらい、怒らせたらヤバいみたいなのに。まぁ、業突く張りの嘘つき商人がどうなろうと、知ったこっちゃないか。

「ナナさんのお勤め先には、アルト会長が話を付けてくれる事になっているから。フフフ。いくらナナさんに後ろ盾がないからって、色々と、やりすぎているみたいだから、それほど揉める事はないと思うわ。ナナさんには、是非、孤児院のお仕事を手伝って欲しいわ」

お嬢様が頼もしく請け負ってくれて、俺は安心した。まだナナねーちゃんの問題が片付いたわけじゃないけど、お嬢様がこう言ってくれてるのだから、大丈夫に決まっている。

優秀なお針子であるナナねーちゃんなら、貴族向けの羽毛布団の刺繍にはうってつけだ。ナナねーちゃんはあの暴れオオツノみたいな性格とは思えないような、繊細な刺繍が得意だった。その技術を他の子たちも学べば、もっといい羽毛布団が作れるだろう。

「俺、分かった。お嬢様が前に言ってた事」

ちょっと前の俺なら。ねーちゃんが雇い主に食い物にされてるなんて、思いもしなかっただろう。住む場所があって、食事も貰えて、給金が貰えるなんてスゲェって、喜んで、羨ましがっていたかもしれない。

そうして使い潰されている事にも気付かずに、一生這い上がれないまま、惨めに死んでいたかもしれない。

ほんの少しの知識が。自分を助けてくれるんだ。

それなら、もっともっと勉強して。もっと沢山の知識を身に付けたら。そうしたら、いつか。

お嬢様みたいに、自分だけでなく、誰かを救える手助けが出来るだろうか。

「お嬢様、ありがとう。俺。俺っ！　勉強も商売も、絶対に頑張るよ！　頑張って、今度は自分で、ナナねーちゃんを、助けてみせる！」

こんな事言ったら、笑われるかなと思ったけど。勉強も商売も、習い始めたばかりで、何もかも足りないのに。偉そうな事を言ってと、叱られるかと思ったけど。

お嬢は、驚いたように目を見開いて。それから、すごく嬉しそうに笑って、言ってくれたのだ。

「貴方の人生が、実り多きものになるように、助力は惜しまないわ」

あとがき

この度は、『転生しました、サラナ・キンジェです。ごきげんよう。②』を読んでいただき、ありがとうございます。

たしか、1巻のあとがきで、『願わくば、次の巻でも出会えたらいいな』と書きましたが。意外と早くお会いすることが出来ました。嬉しいです。

おしむらくは、私のスケジュール管理能力の欠如のせいで、書籍化作業が過酷になってしまい、担当様に、大変ご迷惑をお掛けしてしまいました。

いつか成長したら、担当様から〆切りを提示される前に、『もう出来てますよ』などと言って、どや顔で提出できるようになるのでしょうか。今現在、このあとがきも〆切りを過ぎているのに。なんと壮大な夢を持っているのかと、怒られそうです。ごめんなさい。

引き続き、イラストは匈歌ハトリ先生に描いていただきました。表紙の魚介類が美味しそうなこと。サラナの表情もイキイキとしていて可愛らしく、ああー、幸せそうだなと、羨ましくなりました。私も舟盛と海鮮バーベキューがしたい。七輪の上で貝がパッカーンと開くところが見たい。大変、お腹が空く表紙だなと思います。グロマの顔も、キュートですよね。

イラストを描いていただく際、『キャラの設定資料』なるものをお渡ししているのですが。改めて設定資料を読み返してみると、例えばお祖父様だと、外見は『熊みたい。強面。ヤクザっぽい』と、ただの悪口になっており。この設定から、よくあのワイルドなお祖父様が出来上がったものだと、感心しました。

匈歌先生は、もしかして錬金術師でなかろうかと、頭の半分がファンタジーに染まって現実逃避ばかりしている私は、思ったりします。

あの雑な設定資料で、格好良い、可愛いキャラを描いてくださり、いつもありがとうございます、匈歌先生。でもあれ以上の詳しい設定は無理です。ごめんなさい。これからもどんどん、私の拙い設定資料を千倍ぐらいに膨らませていただきたいです。

この小説は、『小説家になろう』さんで投稿させて頂いているのですが。私が書籍化作業に入るたびに投稿が止まり、大変申し訳なく思っています。なにかの奇跡で投稿が出来たりすると、すかさず『待っていました』と感想をくださる読者様。皆様の温かい応援の言葉に、夜中にこっそり『ぐふふ』と気持ち悪い笑い声を上げています。見捨てないで頂き、ありがとうございます。でもきっと、あらかじめ続きをストックして置いて、順調に投稿するなんて芸当は出来ません。長い目で見守っていただけると幸いです。

さて。あとがきを読み返してみると、殊勝に反省するように見せかけつつも、全く改善する気がない内容になってしまいました。〆切りは守らない、詳しい設定資料も作らない、投稿は計画的に出来ない。こんなに何も出来なくて、よくも皆様に見捨てられないものです。きっと私の周りの人たちは、菩薩の如く心の広い方ばかりなのではないでしょうか。

ないもの尽くしの私ですが、皆様の支えがあって、サラナや、キャラクターたちの（特にお祖父様）の、活躍を書き続ける事が出来ました。

忙しい毎日の中で、私の本を手に取って頂き、『クスッ』とでも笑っていただけたらいいなと思います。楽しんで読んで頂けると、私もとても嬉しいです。

それでは。またこの楽しい時が続くように、縁起を担いでこの言葉で締めたいと思います。

『願わくば、次の巻でも出会えたらいいなと思います』

まゆらん

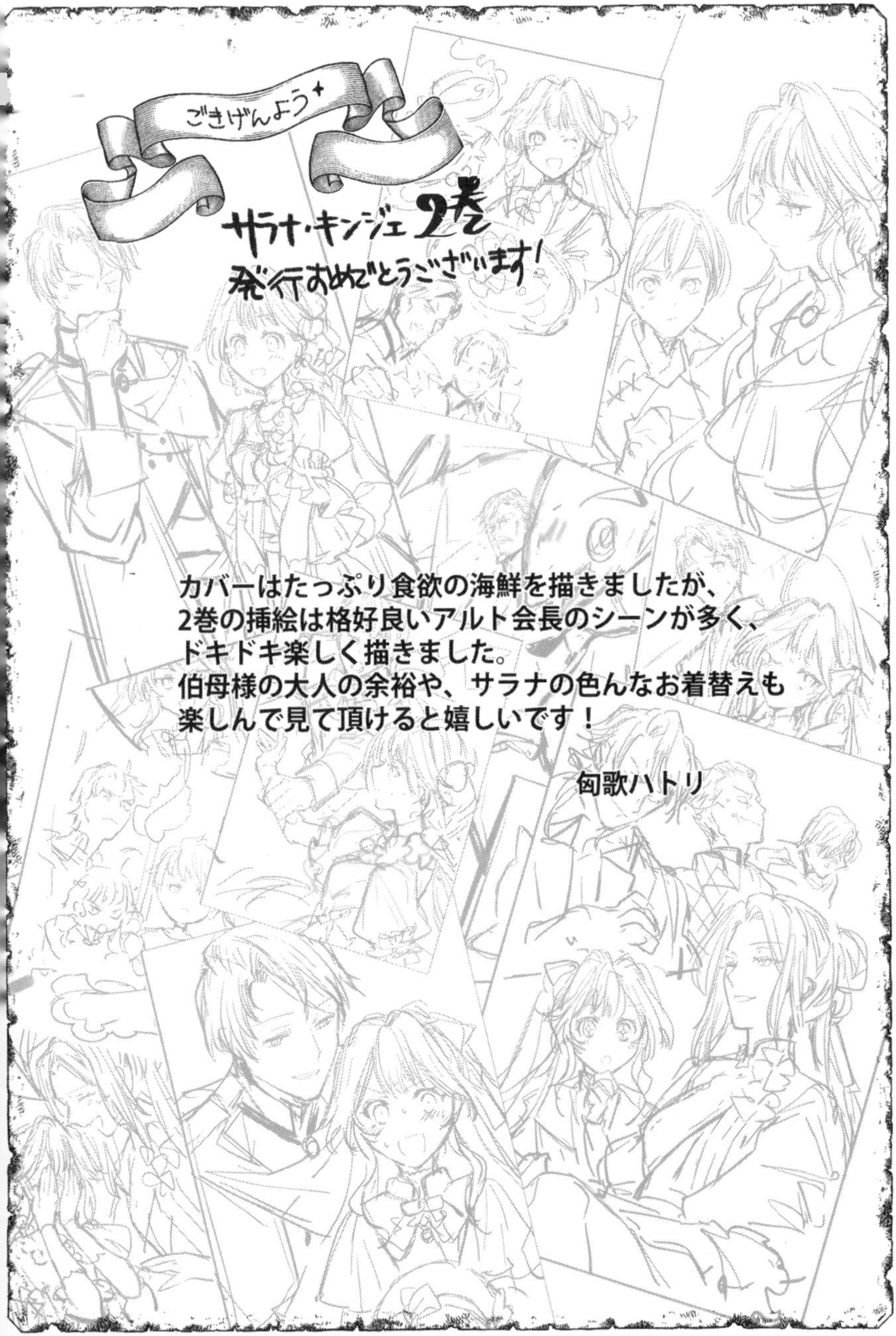
ごきげんよう✦
サラナ・キンジェ2巻
発行おめでとうございます!

カバーはたっぷり食欲の海鮮を描きましたが、
2巻の挿絵は格好良いアルト会長のシーンが多く、
ドキドキ楽しく描きました。
伯母様の大人の余裕や、サラナの色んなお着替えも
楽しんで見て頂けると嬉しいです！

匈歌ハトリ

Hatori Kyoka

『聖女様のオマケ』
と呼ばれたけど、わたしは
オマケではない
ようです。
早瀬黒絵
Kuroe Hayase
Illustration
hi8mugi
EARTH STAR
LUNA

「わたしを厄介者扱いしてきたやつら、
逃した魚の大きさを知るがいい!!」
中堅国の聖女の
異世界召喚に巻き込まれた
“オマケ”女子高生が大国の聖女に!?
邪魔者扱いされたけど、
実は最強の魔力持ちで——

転生したら最愛の家族に
もう一度出会えました
前世のチートで
I make delicious meal for
my beloved family
美味しいごはんを
つくります
あやさくら
Illustration CONACO
EARTH STAR LUNA

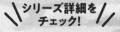

EARTH STAR
LUNA

転生しました、サラナ・キンジェです。ごきげんよう。②
～婚約破棄されたので田舎で気ままに暮らしたいと思います～

発行 ―――――――― 2023年12月1日　初版第1刷発行

著者 ―――――――― まゆらん

イラストレーター ―――― 匈歌ハトリ

装丁デザイン ――――― AFTERGLOW

発行者 ――――――― 幕内和博

編集 ―――――――― 及川幹雄

発行所 ――――――― 株式会社アース・スター エンターテイメント
〒141-0021　東京都品川区上大崎 3-1-1
目黒セントラルスクエア　7F
TEL：03-5561-7630
FAX：03-5561-7632

印刷・製本 ―――――― 中央精版印刷株式会社

ISBN 978-4-8030-1868-4